九歌少兒書房

行政院文化建設委員會 指導

藍月亮・紅月亮

孫 昱・著

蘇力卡・圖

評審委員推薦

楊小雲（名作家）：

一個內向自卑小女孩的成長故事。

因車禍受傷造成長短腳，從此將自我封入孤獨、自卑之中，但是命運之神卻為她開啟了另一扇希望之窗——繪畫。文字清新，內心描寫深入。

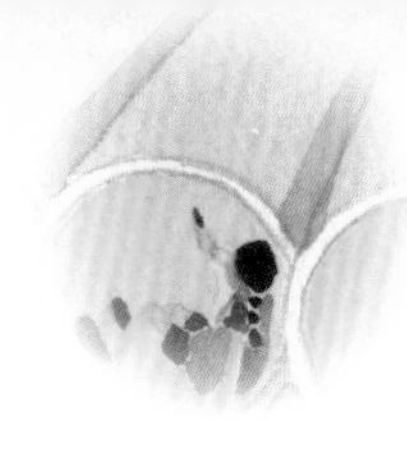

馮季眉（國語日報總編輯）：

藍月亮，代表憂傷；紅月亮，代表快樂。每個人的靈魂深處，應該都同時存在著藍月亮與紅月亮吧。費月月就是一個從小在這兩者之間矛盾掙扎的女孩，因為五歲時的意外而導致身體殘缺，伴隨而來的是心理的受傷與殘缺，在自我困頓的情境下跌跌撞撞的成長，最終找到自己的路，成為藝術家。蔣咪以友情溫暖她困頓的童年，古劍秋以藝術引領她的性靈，引燃她對生命的熱情期待。作者重視心理層面的書寫，經營出令人讚賞的藝術性。

主要人物介紹

●**費月月**

一個敏感、自尊心強的女孩，五歲時腿部殘疾。自幼熱愛繪畫，性格堅韌，講義氣重友情。

●**蔣　咪**

費月月童年時代的好朋友。善良重情意的男孩，隨和開朗，懂得為別人著想。

●**于萍萍**

費月月少女時代的好朋友。優秀早熟的女孩，外表冷漠驕傲，內心善良。

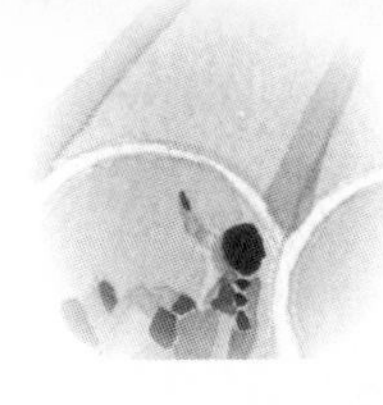

古劍秋

費月月的忘年之交，精神導師。中年畫家。

陳月亮

費月月的補習班美術老師，外冷內熱。

陳校長

費月月的中學校長，陳月亮的父親。熱愛學生與教育，相信人與人之間生而平等。

目錄

CONTENTS

1 咪與我

每當我仰望夜晚深藍色的夜空，快樂和憂傷就一起在我心頭湧起，那是因為我同時看到了藍月亮和紅月亮。

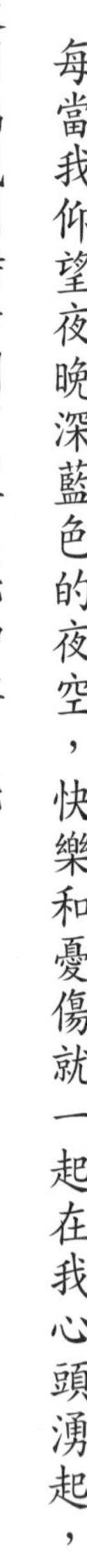

有個人曾經告訴我一個美麗童話，藍月亮本來是一隻專門從人間蒐集憂傷的藍鳥，紅月亮是一隻專門從人間蒐集快樂的紅鳥。後來牠們變

成了夜空中的藍月亮和紅月亮。只有憂傷和快樂都被藍鳥紅鳥蒐集過的人，才能在仰望夜空的時候，看到天上的藍月亮和紅月亮。

而我就是這麼一個既能看到紅月亮，又能看到藍月亮的人。

從我五歲那年開始，我走路時有了和別人不一樣的節奏。我的腿在那年的車禍中斷了，急著去趕火車的醫生把我的腿接成了不一樣的長短。儘管錯誤很微小，但從那時候起，我知道自己和別人不一樣了。

因此，我對童年的記憶從五歲開始，也許要比很多人都早。

那個時候，我很少看到別的瘸了的小孩子，我為自己獨特的身分感到孤獨。當我的腿可以出去行走，媽媽給我一根小枴杖。

我就是不肯用它，我哭著把枴杖扔到地上。媽媽把它撿起來靠在牆邊，我一瘸一瘸的走過去，把枴杖撿起來，又一瘸一瘸的走到院子裡，把手伸得高高的，把枴杖扔到院子的水缸裡，淚痕未乾的小臉有著異常

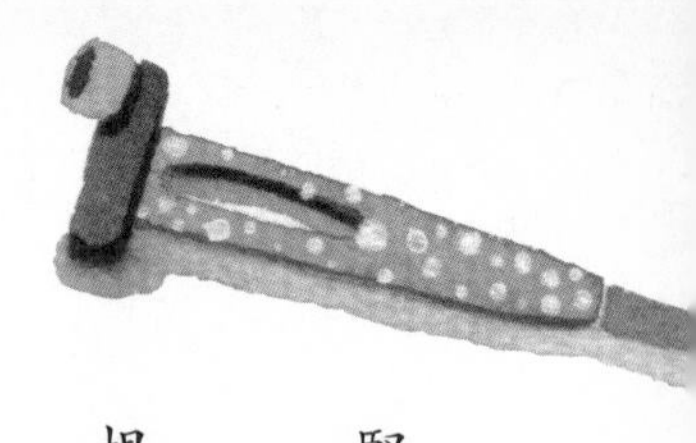

堅決的表情。

我以為這樣我就逃開了「瘸」這個事實，其實我逃開的只不過是一根普通的棍子而已。

我很明白的知道月月拄上了枴杖，從此就和不拄枴杖的小朋友們不一樣了。

隔壁的童叔叔是個木匠，有一天，他送來了一根小枴杖，枴杖是天藍色的，更可愛的是，枴杖的頭上掛著一個小木桶，童叔叔說我出去玩的時候，可以在小木桶裡放零食，這樣就隨時可以吃好吃的東西。即使是這樣可愛的小枴杖，我也堅決的說不要。我對在場所有的人說：「我不會用枴杖的，這輩子都不用。」天藍色的可愛小枴杖就從此被放到了我家的閣樓上。

我恨枴杖，它就是一個刺眼的標籤，它被製作得越可愛，越引人注

目，這個標籤上的字體也就越大。那上面寫著：「我是個瘸子，需要枴杖才能走路。」

可是不拄枴杖並不意味著我出去的時候可以逃過大人異樣的目光，「這個孩子真可憐，這麼小就瘸了。」他們還常常隨著眼光附送這樣一句話，最讓我受不了的是，有的老奶奶還要悄聲說一句：「真是作孽啊。」我有時甚至能看到老奶奶和我的奶奶說了一會兒我的事情後，用手抹去她們為了我而流的一滴或幾滴混濁的老淚。

我並不是非常清楚「作孽」的意思，但隱隱約約知道他們大概是指我將會活得非常可憐。

我和別人不一樣了，我是被可憐的人，他們是可憐我的人。就是這樣的不一樣，不是那種腿好不好的不一樣。

這些人流露出對我的同情時，我就會低下頭，牙齒緊緊咬住嘴唇。我討厭這些故作同情的大人，他們不知道連他們善意的溫熱眼淚也傷害了我小小的自尊。我只希望他們把我當作一個普通小孩。我希望他們沒看到我和他們不一樣的地方。

漸漸的，為了避開那些目光，避開那些同情，我就不願意和爸爸媽媽出去了，寧願一個人在家裡。

我常常蹲在院子裡捉蝸牛，把牠們一隻一隻的排列在我小小的手掌裡。我的一隻手裡爬著很多隻蝸牛，我看著牠們，心裡好喜歡。

我有一雙白而胖的小肉手，手背上還有渦，我有一次聽到媽媽和奶奶說：「肉手應該是有福的，有渦就更是添福，我們家月月長了雙有福的手，命怎麼這麼苦。」然後我就看到媽媽抽泣，奶奶用藍格子的手絹抹眼淚，弄得我心頭一縮。

一個下雨天，我一個人在屋子裡剪紙花玩，我剪了一大堆，都是花，各種各樣的花，我正打算剪點別的，比如說小動物之類。可是手裡拿著剪刀，手卻在半空中懸著——我不會剪。

我很少出門，很少看到小動物，而且，我這麼大了，還沒去過動物園。我心裡想，我家裡要是有隻貓或是狗就好了，我就可以照著牠們的樣子剪剪紙，而不用老是剪些花花草草之類的。我還可以抱牠們，叫牠們弟弟妹妹。「喵——」我是貓姊姊。「汪汪——」我是狗姊姊。我一個人這樣想像過好幾次。不過我不知道我學貓狗叫叫得對不對，牠們應該不會嘲笑我學得不像吧。

忽然，我聽到院子裡傳來咪咪的叫聲。是貓！我立刻興奮了起來，我連雨傘都不打就往院子裡走去，每走一步，我的心就緊張一下。

水泥花壇裡，金桔樹下，一隻貓可憐的蜷縮著。是一隻貓，沒錯！

黃白相間的毛全部被打濕了，一簇一簇的，像是我上次看到的一個男孩子用竹竿從河裡挑起來的一只毛手套。牠渾身滴著水。啊呀，牠是那麼的小，那麼的可憐。牠綠綠的眼睛幽幽的看著我。貓真的是懂得用眼神和人溝通的動物，我知道牠願意被我抱走，牠知道我不是壞人。牠願意我做牠姊姊。

我伸出我的手，牠立刻會意了，溫順的讓我抱起了牠。濕漉漉的小貓把我藍色罩衫的胸口弄得濕濕的。我才顧不得衣服濕了，衣服濕了媽媽會洗的。

我抱著貓回到家裡，我拿出媽媽的吹風機，替小貓吹了起來。吹風機一邊嗚嗚的吹，我一邊不停打著噴嚏。媽媽回來的時候，就看到一隻整潔乾燥的小貓和一個濕漉漉的打著噴嚏的月月。

我替小貓取名叫咪。咪是隻很會撒嬌討憐的小貓咪，有時候這方面

牠像個真正的妹妹一樣。牠喜歡用臉輕輕的摩挲我的胖手。牠還有一個絕招，牠會從一個很高的地方，例如從大櫃子上「蹦」的跳到我膝蓋上，從來沒有失足過。家裡來了客人，我總是興高采烈的嚷嚷著要讓咪表演一下，就像有些父母喜歡讓自己的孩子在客人面前拉段小提琴什麼的。

我親自餵咪，牠吃飯的碗是我以前用的一個綠花花的小鉛碗，碗口有一塊顏色掉了，露出了黑色的底。

我還替牠梳妝打扮。有那麼一次，外地的小表弟來我們家做客，我對咪說：「咪啊，有個很重要的客人來，姊姊給妳好好打扮打扮。」

我從頭髮上拿下粉紅色的絲帶，在咪的尾巴上紮

了一個蝴蝶結。

小表弟來到我家，看到咪這個樣子就對我說：「咪這個樣子很好玩啊，我們把牠畫下來吧。」於是，我和小表弟一人拿了一張紙、一枝畫筆畫了起來。

我和小表弟畫好了咪，爸爸手裡拿著鍋鏟走進來。他正在燒紅燒魚——咪也喜歡吃的紅燒魚。

他走到小表弟面前，盯著畫說：「啊喲，這是變形金剛吧。小傢伙不錯嘛，畫得蠻好，蠻好。」

小表弟白了爸爸一眼，很凶的說：「這是你們家的妖精貓！變形金剛才沒有這麼愛漂亮，紮蝴蝶結。變形金剛都是男的，你們家貓是女的。」

小表弟把貓畫成直立步行，而且是方腦袋，我看也像是他喜歡的那種變形金剛。不過，爸爸說真話顯然傷了他的自尊。

「一股焦味。」我吸了吸鼻子。

「啊呀，光顧著和你們兩個小鬼說話，我的魚在叫我了。」說著，慌慌張張的拿著鍋鏟跑掉了。

爸爸繫著圍裙的背影是所有背影裡最好玩的，像隻大熊，傻傻的。

後來，爸爸把我和小表弟的畫都貼在牆上來鼓勵我們。也不知道怎麼了，從此以後我就每天畫一張咪的畫，只要一天不畫就覺得很難過。

有一次咪不見了，那天我沒辦法畫牠，心裡覺得空了一塊。牠晚上十一點的時候不知道從哪裡回來，當時我已經睡著了，但是我一聽到牠的叫聲就醒了，從熱呼呼的被窩裡鑽

出來，又畫了一張。

爸爸決定送我去補習班學畫畫。

「她還小啊，才七歲呢，等大一點再送去不行嗎？」媽媽怕我被別的小孩子欺負。

爸爸自信的說：「小孩子，早點培養成材也好啊。」

媽媽覺得爸爸說得有道理，就帶我去補習班報名了。

我有點害怕去補習班，因為那裡人很多，我不知道怎麼和別人相處，我和他們都不一樣，我怕。

對，我怕，我就像一隻從未去過大森林的小白兔，對密不透風的黑森林懷著恐懼和怯懦。我和小兔子不同的地方是，我需要去面對、熟悉的，是一片由友善和不

友善的人們組成的森林。

可是爸爸說去學畫畫，長大了能當畫家。

畫家，聽到爸爸說畫家，我的心裡忽然浮現了一個美麗女子坐在湖邊的畫架前畫畫的鏡頭，她的頭髮在初夏的微風中飛揚，她的神情專注又靜謐。

我對自己想像出來的這個人產生了一種前所未有的渴望。孤獨的我從來沒有嚮往過什麼人。可當爸爸說「畫家」，僅僅這一個詞，就撥動了我敏感的小小心靈，使我整日浮想聯翩。

渴望戰勝了恐懼，我決定去上課。

我每個星期六去補習班上一天的課，班上有很多上小學的孩子，有幾個和我一樣大。教我畫畫的，是一個叫陳月亮的年輕女老師。

第一次，陳老師讓我們畫自己的好朋友，我畫了咪。別的小朋友的

畫上，全都是翹著小辮子的小女孩，或者睜著大眼睛的小男孩，就只有我畫了一隻小貓咪。

第二次，陳老師讓我們畫自己的學校或者幼稚園的景物，我也畫了咪，別的小朋友的畫裡不是美麗的花壇就是溜滑梯、蹺蹺板之類的。

第三次，陳老師講評上兩次的畫，她表揚了好幾個小朋友。我也希望她能提到我，我直勾勾看著她。她看了看我說：「費月月，妳是不是除了畫貓，別的都不會畫？我讓妳畫好朋友，畫學校、幼稚園的景物，妳都只畫貓，妳是怎麼回事？」

我想告訴她，我沒有好朋友，也沒有學校或幼稚園，我只有咪。可是我說不出來，因為我哭了起來。我趴在課桌上無聲的抽泣。

下課後，爸爸來了，看到我眼睛紅紅的，就去問老師是不是別的小孩欺負我了。年輕的陳老師說：「沒有，我讓她畫的東西她就是不畫，畫來畫去就是貓。我就這麼一說，她就哭了。你們家小孩怎麼這麼脆弱？」

爸爸輕聲的繼續和陳老師說話，我沒聽見。

回到家以後，我鄭重的宣布我再也不去補習班學畫畫了。

自尊又戰勝了一切。我的自卑和自尊像兩種顏色的毛線交織在一起，把我的心牢牢的織在了裡面。

爸爸看著媽媽，媽媽看著爸爸，他們都沉默著，沒有說半句話。

我真的不去補習班了。是的，我確實只會畫貓。那個叫陳月亮的女人說得一點也不錯。

有一天，我爸爸接到一通電話：「找妳的，月月。」我覺得非常奇怪，怎麼會有電話找我？

我還是很高興的去接電話：「喂。」

然後話筒那邊傳來一個和我的聲音很像的，清脆的聲音，聽不出是小女孩還是小男孩：「妳好，妳是費月月嗎？」

「我是啊，你是誰啊？」

「我是蔣咪，我們一塊兒在補習班學畫畫的，妳忘記了？」

我想起來了，一個眼睛小小的小男孩，無論什麼時候都好像在笑一樣。

「我知道你的。嗯，找我什麼事情啊？」

「妳怎麼這幾次都不來上課了？」

「我不想去。」

「哦，我是想告訴妳，妳畫的貓跟我以前養的貓很像，可是牠走丟了，我可以去看看妳的貓嗎？」

「可以呀。」聽到有人對我的貓表示興趣，我心裡很高興。電話那頭傳來一個很大的女人聲音：「阿咪，你好了沒有？」

「好了好了。」我聽到蔣咪在說。

「你怎麼知道我的電話？」

「我從陳老師那裡問來的。」

「我把我們家地址告訴你，你什麼時候來都行。丁香路楊柳巷一八九號。」

「啊，離我們家很近啊，五分鐘就到了。我媽又在催了，我先不和妳說了，再見！」

「再見。」

這是我第一次接到專程找我的電話。我覺得自己打電話的時候像個大人。

「媽媽，我們家有個小朋友要來，他來看咪。而且，他自己也叫咪，像貓的名字一樣，好玩，真好玩。」我很興奮的走到媽媽跟前。

不一會兒，我就聽到外面有人在叫我：「費月月……」我走出去一看，一個小男孩就站在我家的葡萄架下，啊呀，他長得好像貓啊。他就是蔣咪了。

雖然同一個班，我卻沒有怎麼注意他，應該說，我沒有注意過任何人，為了讓別人不注意我。

「費月月，我們兩家可真近啊，我跑過來的，妳猜用了幾分鐘？」

「大概三分鐘吧。」

「不對，兩分半鐘，我看著錶的。」他認真的說，他伸出手臂給我看手腕上黑色的電子錶。

他放下電話就跑過來了，看著他笑盈盈的滲著汗珠的臉，我忽然想起了找到咪的那天。

「我讓你看我的貓，咪，快來這裡。」

「噢，牠也叫咪啊，和我同一個名字。」

「咪本來就是貓專用的名字嘛。」

「真像我原來養的那隻貓。」

「說不定就是你那隻，跑過來我們家。」

「不是不是，我那隻還要小一點。」

「我今年要上小學了，上城關一小。」

「我也要上小學了，也上城關一小。」

「那咱們兩個可以一起去上學了。」

「好啊，我們帶小貓咪去。」

「上課的時候去嚇老師。」

「好。」

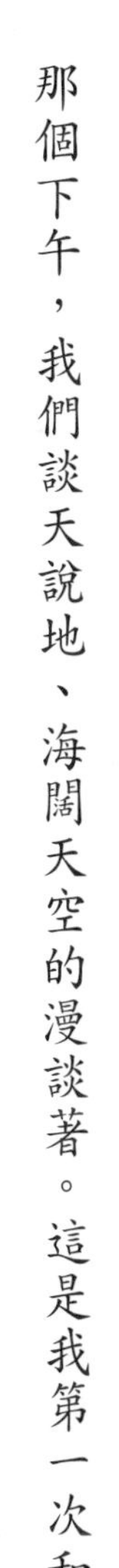

那個下午，我們談天說地、海闊天空的漫談著。這是我第一次和一個小朋友交談，完全忘記了彼此的不同。蔣咪就是這樣一個人，讓你完全放鬆，完全忘記。

有時候我希望每一個人都像他一樣。

我和蔣咪都上小學了，同一個學校，不同的班級。在一大堆健康蹦跳而吵鬧叫嚷的孩子中間，我顯得自卑而自閉，有時候連上課回答問題我都怔怔的站著，覺得自己在那麼多人面前張不開嘴巴。

美術課是我比較自在的時候，不用回答問題。我畫畫，一張又一張，畫的全是自己的臉，而且不畫全身。

美術老師是個美麗溫柔的年輕女人，她就像一朵雛菊一樣，驟然盛開在我的生活裡。我很喜歡她笑起來的樣子，眼睛像月牙兒一樣彎彎的。

有一天，她到了我們家，找我的爸爸媽媽。一個美術老師來家庭訪問，是件奇怪的事情。

可是她又完全不像是來家庭訪問的，好像是一個大我很多的表姊來我們家商量什麼重要的事情。

她對我的爸爸媽媽說：「您看，這是她畫的，全都是自己的臉，而且表情很木然，這個孩子畫中透露的感情令人擔心。她太自閉了，在學校裡完全封閉自己的感情。好像自己不是那個班級裡的。」

爸爸說：「她一直都是這樣的，不愛出門，不愛見人。」

「讓她多和自然接觸，會敞開心胸的。」美術老師說。

我記得那個時候她還舉了一些小時候有自閉症的外國畫家的例子，

說我不是天生的自閉傾向，是後天造成的，容易恢復。她提起一個畫家，小時候自閉，但是喜歡大自然的昆蟲，一直追著昆蟲畫牠們，後來也因畫昆蟲而出名，自閉症狀也漸漸消失。

從美術老師來過我們家以後，媽媽爸爸不再限制我往外跑，他們開始鼓勵我去大自然感受每一個季節的變遷，每一種生物的獨特之處。

在大自然的懷抱裡，我向她敞開了我整個心靈，我是開放的。

在人群裡生活，羞怯的我卻需要勇氣。

我總覺得人們依舊用看著一個可憐的、沒有生存能力的小動物的眼神看我，我想逃開。當我迎接他們的目光的時候，我的目光裡有一把凌厲的刀。

身體上的殘缺和疼痛，使得我有了一顆比一般孩子更加敏感而感性的心，我小小的心像那種長滿白色絨毛的小葉子一樣，敏銳的感覺著每

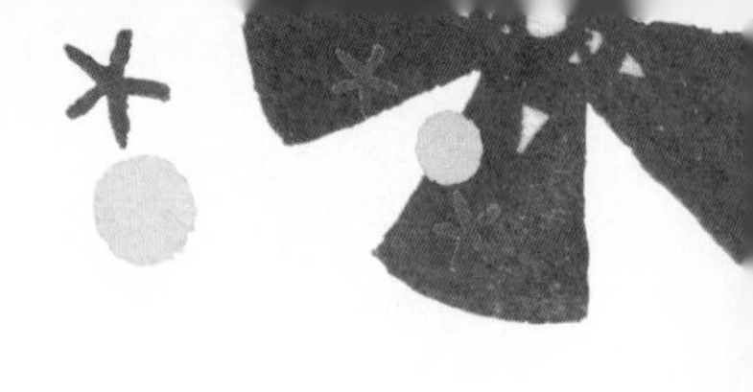

一顆在草葉上顫動的晶瑩露珠給心靈帶來的震顫，每一隻草葉上的昆蟲在身上咬囓的疼痛。

我喜歡去海邊，海風吹得我非常舒服，有一次在海邊，我第一次撩開我的褲管，讓腿顯露出來，讓風吹著。涼而溫暖，一點也不甜膩的風。

一隻鷹在我頭頂上空飛翔，我一直看著牠，感覺自己也在跟著飛，我深覺自己多麼喜歡鷹，牠並不可親，甚至有些威嚴，但是我卻那麼嚮往這飛翔的生靈。這是我第一次渴望真正的成為另一種生物。有那麼一次，鷹伸展著翅膀，筆直向我飛來，我的心蹦蹦直跳，我感到幸福的緊張，我離鷹是這麼的近，近得我不敢呼吸。那張開的大翅膀，就像馬上要擁抱我一樣。

鷹很從容，充滿力量。燕子、白頭翁，那樣焦急的趕著去什麼地

方，好像晚去了就會錯過一次盛宴一樣。一看就是小人物，可是鷹不一樣。

我多麼希望住在鷹建在懸崖上的巨大鳥巢裡，讓鷹每天馱著我到處飛翔啊。

我還喜歡坐在海堤上，我看到一些白色的鳥兒整齊的排著隊，緊挨著海面在飛！就像在游水一樣。我猜想，這些我不認識的鳥兒應該是海鷗。

我一心一意的熱愛有翅膀的生靈，牠們是世間最神奇的生靈。

我家樓下的理髮店老闆和我一樣，腳不好，走起路來一瘸一瘸。他養了很多鳥，全關在籠子裡。他自己走不遠，也不讓鳥飛。

每次我路過，他總是攔住我，得意洋洋的讓我猜他新買的鳥值多少錢。他買來的都是些黑黑的鳥，他說那是八哥，會說話的。他在鳥籠前

面放了一個收音機，無論什麼時候都播放著「你好，恭喜發財，萬事如意」，他說那收音機裡裝著的是專門教鳥說話的錄音帶。

他家的黑鳥果然會說話了。無論有沒有人走過，都不知疲倦的叫著「你好，恭喜發財，萬事如意」，後來還叫著「珠花，珠花」。珠花是理髮店老闆的老婆的名字，她是一個又矮又胖的小眼睛女人。

我一開始只是不喜歡這個人。可是後來，我發現他買的鳥越來越多了，價格也越來越高，他也越來越得意，我就開始恨他了。

有一天晚上，理髮店老闆忘記把一隻鳥籠拿進家裡，我偷偷打開鳥籠放了那隻鳥。

第二天，爸爸沉著臉問我：「是不是把理髮店的鳥放了？」

我說是我放的。

我以為爸爸要打我了，可是他沒有。他用一種我平時很少聽到的語

氣說：「每一個人的痛苦都要找一個出口，有的人找到了正常的出口，有的人沒有找到正常的出口。

「不能自由奔跑是一件令人壓抑的事情，你可以用畫畫作為抒發情緒的宣泄口，畫奔騰的馬，飛翔的鷹，在這些充滿了生命的動感和能量的動物身上，感覺到生命的奔放與歡愉。

「可是理髮店老闆沒有找到這樣一個出口，他沒有你這麼幸運。我們要原諒他，孩子。」

我和理髮店老闆有著同樣的壓抑，我們都在尋找釋放的出口，只不過他選擇的是在現實中壓抑生性自由奔放的鳥類，我選擇的是在想像中釋放自己的狂想。我長大以後開始真心的同情這個找不到出口的老人，

無法奔跑的他，一生都在夢想飛翔的渴望中煎熬。

大自然中的生靈是自然的孩子，我也是自然的孩子。我和牠們是一樣的。

在自然的孩子面前，我的心靈日益健康起來。我忘記了我的自卑和自閉，我的心慢慢的打開了，我在學校裡開始變得自在起來，同學們的目光對我來說不再灼人，言語也聽不出嘲諷和憐憫。

美術老師又來了，她對我的爸爸媽媽說：「月月現在什麼都畫，畫天空的鳥，畫海裡的魚，畫小朋友們做遊戲。她現在健康了，我不再擔心她了。」

我也不再擔心自己了。

2 夢想

我有時候和蔣咪一起上學。我們在上學的路上還要開開小差，幹幹壞事。比如說別人家花壇的石榴結果了，我們把它摘來藏在書包裡，人家家裡信箱的信露出一角，我們把信拉出來，把郵票撕下來占為己有——因為我們在集郵。

我們在老師面前都是好孩子，卻在另一面做這樣的壞事，我們一天也無法克服這種渴望。

是不是每一個天使面容的孩子，都會忍不住在大人看不見的時候，縱容一下自己的小小欲望呢？那種幹壞事時的興奮和激動，我想像不出還有別的時候可以培養出來。

我們沒有被逮到過，但是有一天，我們忽然停止了這種不道德的行為。良心發現的原因已經被忘記了。

我們仍然喜歡郵票上的畫，蔣咪說：「我以後要當一個郵票設計師，我也要畫這麼漂亮的畫。妳知道嗎，郵票的發行有幾千萬張呢，郵票和信一起被寄到國內國外，全世界的人都能看到郵票上的畫呢。」我贊同的點點頭，覺得這個主意實在不錯。蔣咪總會有一些我想不到的，特別棒的主意。

有一天，我和蔣咪去海邊玩，很有意思的是那裡正在蓋一個新的居民區。我們雖然在海島上住了好些年，也是第一次看到要在海邊造很新式的房子給人住。

這裡剛建好燈塔博物館，已經有了七座漂亮的燈塔。這裡是一大片水泥地廣場，廣場還被一條河分成兩半，河上有一座橋，七座燈塔就坐落在河的兩邊。因為是還在建設的地方，廣場右邊過去一點的地方還是一片片沼澤和一個個小水塘，只是不知道它們還能在那裡待多久，我們擔心過不了幾個月，它們就會被填平，這裡的建設進度很快。

廣場左邊是建築用的水泥攪拌機，還有很大的三根水泥管。

我眼尖，看到沼澤邊的草叢中一個白白的東西，我把它從草叢裡舉了起來，叫了起來，一邊扔給蔣咪：「看球！」

蔣咪一邊跑一邊接球。

「這是漁網上的東西。」蔣咪說。他知道的總是比我多，可能因為他是男孩子，可能因為他有一雙健康的腿，可以正常的跑來跑去，看到我看不到的東西。

是的，這個白色的東西是保麗龍做的，很圓，有碗那麼大，可以帶著漁網在海上浮啊浮。

「你可以把它當足球踢啊。它可是圓的，會滾呢。」我說。

蔣咪喜歡踢足球，不過和我在一起的時候他不提這個。他很想有顆屬於自己的足球，那樣他就可以在任何想踢球的時候踢球，而不是等別人想踢球的時候才加入。

大多數時候，蔣咪一個人想踢球的話都會踢養樂多空罐，那個比較會滾。有時我去看他，就看見他趕著一個白白的罐子在小巷裡東奔西竄，像隻靈活的跳蚤。

蔣咪手裡拿著球，眼睛看了看我。他知道我以前最討厭別人在我面前提起跑步啊、踢足球啊這種事情。有時候我莫名其妙的發脾氣，是因為別人玩得高興的時候我在一邊看，可自己又不能加入。這些，蔣咪好像比我自己還了解。這是他後來跟我說的。

現在他就像不認識我一樣的看著我。

「踢吧踢吧，現在就踢，大廣場，多快活。我不看你，我自己去玩。」我說著就走開了。

我看到那三根大大的水泥管，好像很有趣的樣子。我走到其中一根水泥管前，往裡面看了看，就鑽了進去。我坐在裡面，背靠著水泥壁，腳頂著另一邊的水泥壁。我覺得這兒有點像搖籃，但不全是。它有頂，可以擋住陽光，遮住雨水，給我一種很安全的感覺。那種安全感我以前也有過，我上小學以前喜歡爬到裝電冰箱的大箱子裡去，在裡面待很長一段時間。因為裡面比外面安全。裡面沒有會撞斷人的腿的汽車，沒有人們犀利的眼神，只有軟軟的暖暖的黑暗。

我從水泥管看外面，覺得好玩極了，圓圓的框，框住了外面的風景。其實我知道，外面的風景要遼闊得多，可我還是喜歡待在裡面。我舒服的閉上了眼睛，然後又睜開了眼睛，我怕等我睡著的時候，水泥管自作主張滾到別的地方去了。它也是圓的，和那個保麗龍球一樣，說不定也會滾。

這時候，一隻握緊拳頭的手猛的伸了進來。我嚇了一跳，連忙坐起來。接著一個腦袋也伸了進來。

我鬆了一口氣，是蔣咪這個傢伙。

他把手鬆開，幾截粉筆掉了下來。他嘻嘻的笑了起來。我撿起一截紅色的，在水泥管壁上畫了起來。

蔣咪走開了。一畫畫，我就不管他了。隨便他去哪裡。

等我畫好了，就走出水泥管去找他。我看見他在另一根水泥管裡面，拿著粉筆，揚著頭，正在頂上畫。

他不知道我站在他面前，還是很專注的畫畫。

一張又一張很大的郵票，被各種顏色的粉筆整齊的畫在水泥壁上。他畫得很好，比美術課上的作業畫得好。

「蔣咪，你以後畫的郵票，一定能讓很遠很遠的人也看到。」我輕輕的說。

「要讓外星人也看到。」蔣咪把頭轉過來，看著我。

「嗯。」我堅定的點了點頭。然後他笑了起來，眼睛瞇得找不到了。

後來我和蔣咪就常常來這裡，每個人都鑽進自己的水泥管，用粉筆畫畫。我用力的在水泥管壁上畫著即將逝去的沼澤和水塘，或棲息在邊上，或盤旋在上空的白色水鳥。

我知道，房子真的建設好的時候，也是我真的要告別它們的時候，那個時候，無論我多麼用力呼喊，多麼用力追趕，我還是見不到它們了。

日落時分，這裡特別美。夕陽的

餘暉落在沼澤和水塘的水面，沼澤中心小小的島嶼上，土堆上面綠綠的植物在微風裡輕輕的往一個方向搖啊、晃啊，而下面的水一蕩一蕩，細微的漣漪讓人愛戀。這些也使我小小的心裡生出了美麗的憂傷。

我在黃昏時看到這樣的景象，就變得不愛說話，蔣咪這個時候也不愛說話。我們喜歡燈塔，喜歡廣場，可是當我們知道沼澤和水塘要消失，這個地方會成為住宅區，還是會很難過。

我們唯一能做的，是把我們戀戀不捨的東西用畫筆記錄下來。我知道蔣咪的「郵票」上，畫得最多的也是日落時分的沼澤、水塘和水鳥，雖然我們也愛畫燈塔、大海、島嶼。

我們也回家用水彩、粉彩畫這些我們畫了無數遍，怎麼也畫不厭的風景。美術課如果畫風景，我們也毫不猶豫的把這些畫上去。

到了兒童節、國慶日的時候，我和蔣咪的畫就被送到區裡展出，一聽說是在補習班的櫥窗裡展出，我就很高興。因為陳月亮會看到。我從來沒有忘記那個叫陳月亮的女人說的那句話，她說我只會畫貓。但是，後來想想，她其實也沒有說錯，我真的只能畫我真心熱愛的東西。

可是，我說起陳月亮總是惡狠狠的，我真是一個記仇的孩子！蔣咪說她其實挺好的，她曾經向他詢問我怎麼不去上課了。

我撇撇嘴巴說她這是好奇，不是好心。只有這個時候，我和蔣咪會有些不太愉快，但他會很快又高興起來，興高采烈的和我說一些他認為好笑得不

得了的事情。我也跟著笑了起來。

小學似乎就只是等待長大的一段時光。我和蔣咪畫著畫，偷摘人家的果子，想著美麗的即將消逝的風景，覺得都沒怎麼用到那段時光，它就被我們用到了盡頭。我希望那段時光能夠長一點，再長一點，可它終究要走完。

3 爸爸病了

上六年級的時候，發生了一件很大的事情，爸爸生病住院了。剛好是冬天，那個冬天特別的冷。

我以為是一般的病，住上一兩個月就能出院了。「都住兩個月了，爸爸怎麼還不出院？」這樣的話，我問媽媽問了好幾遍。

媽媽總是說：「就快了，就快了。」

可是有一天，我從醫院看爸爸回來，在門口聽到媽媽和大伯說話：「肺癌到了現在，醫生說做化療也沒有用了，你說我該怎麼辦呢？」

我嚇得身體抖了一下。

我覺得山崩地裂，癌症，這麼遙遠的一個字眼，現在卻出現在我的生活中，這麼不幸的事情怎麼會發生在我家？

怎麼可能呢？

眼淚嘩的一下流了出來，那是我第一次發現，眼淚，也是有速度的。

我呆呆的在門口站著，我不知道自己可以做些什麼來拯救我的爸爸。我能做些什麼？誰能告訴我？

我轉過身向外面走去，我不知道這個時候自己可以去哪裡。

我一邊走一邊哭，我哭得顧不得路人怎麼看我了。

走著走著，我感覺有人拉住了我的胳膊。

是蔣咪。

「妳怎麼了？」他很著急的看著我。我很少這個樣子。

我搖了搖頭。

「妳快說啊！」

我還是哭。

他就跟著我走。

我一直到哭得實在沒力氣了，才停下來。

「我擦乾眼淚才敢回家，我怕媽媽看出來。」

「快回家。」

「我不能讓我媽媽看出來我哭過！」

「快回家！妳媽會著急的。」

冬天的風吹到我沾滿淚水的臉上，就像刀割一樣，我受不了夜晚降臨時的寒冷，就跟著蔣咪回到了家。

媽媽不在了，她在桌子上留了字條：

「月月，媽媽晚上去醫院陪爸爸，妳一個人要乖，門和窗都要關好。」

我看著空蕩蕩的屋子，在昏黃的燈光下害怕了起來，我緊緊的拉住了蔣咪的袖子。

這時電話鈴響了，是蔣咪的媽媽打來找他。

已經八點鐘了，我們一直在街上遊蕩，飯也沒有吃。

「去我們家吃飯吧？」蔣咪說。

「嗯。」我點點頭，像一隻無助的小貓。我和蔣咪就像當年我和我收留的小貓咪。小貓咪現在已經變成了成熟的母貓，我卻還是個孩子。

到了蔣咪家，蔣咪的媽媽正在生氣，責怪兒子在外面野到這麼晚才回來，但是看到我臉上的淚痕，這個善良的女人也不再說什麼了。

「媽媽，月月她媽去醫院了，她來這裡吃飯。」

「你也不早說，我好多弄幾個菜。」

「阿姨，沒事的，我隨便吃就好。」

蔣咪的爸爸是木匠，媽媽是家庭婦女，家境並不好。他們家比我們家要小一些，燈光卻顯得更溫暖。可能是因為他們家人都到齊了的原因吧。

我哭了那麼久早就餓了，狼吞虎嚥的吃了起來。

反倒是蔣咪有點吃不下飯了，他不知道我究竟為什麼事情傷心的這麼反常。他吃幾口飯就憂慮的看看我。他平時含滿笑意的眼睛，好像第

一次變得憂鬱起來。

吃完飯，我把碗筷一放，低下頭想了想，然後說：「我在門外聽到我媽和我大伯在說我爸得了肺癌，晚期了，阿姨，您說我爸還有治嗎？」

「有治有治，現在醫學這麼發達，怎麼會沒治。」蔣咪的媽媽喃喃的說。其實我聽說蔣咪的外公前幾年就是得癌症死的。

沉默像黑暗一樣壓著我。我想打破這種黑暗的壓迫。

「阿姨，我回家了。再見。」我從椅子上站起來低聲的說。

「月月，我陪妳回去。」蔣咪也站了起來。

我和蔣咪走在沒有路燈的小路上，拐彎的時候，忽然聽到狗凶惡的

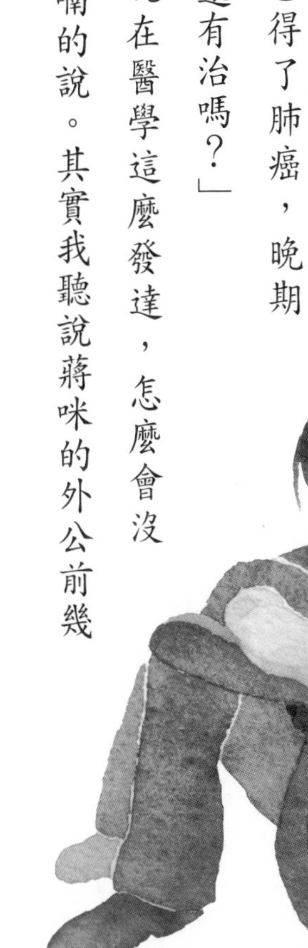

叫了起來，接著一個高大的狗影子如幽靈一般竄了出來，蹭了一下我的褲子，迅速消失在黑暗的空氣中。在牠碰到我的時候，我「啊！」的尖叫了起來，「哇——」的哭了出來。

「要不，妳還是到我們家去吧。」蔣咪說。

「嗯。」我點點頭，我受到驚嚇，身上一陣一陣發冷。

蔣咪又把我領回了他們家。

「媽媽，月月剛才被大狼狗嚇到了。」蔣咪跟他媽說。

「這孩子，臉怎麼這麼蒼白，不會是病了吧？」她用她的手來摸我的額頭。

「啊呀，這麼燙。發燒了。」她皺一下眉頭，把手縮了回來：「被大狼狗嚇到了，是魂靈嚇出體外了，我幫妳請請魂靈。」

（在南方有一種迷信，如果一個人受到驚嚇後身體不舒服，是因為魂靈嚇出來，可以用某種叫「請魂靈」的儀式把魂靈叫回來。）

然後他媽媽準備了一些東西，點上了香，拿著盛米的罐子在我頭上繞啊繞，嘴裡一直念念有詞「魂靈回來啊，魂靈回來啊」。

這種怪異的氣氛令我更感到恐懼，我覺得自己發抖得更厲害了，可是我已經沒有力氣阻止。

那一天，實在是我一生中受到最多驚嚇的一天。

蔣咪拿藥給我吃，我吃了藥也不見好，整個人軟綿綿，昏沉沉。我記得我爬到一張很硬的竹床上，嘴裡一

會兒叫著爸爸，一會兒又叫著媽媽，後來迷迷糊糊的睡著了。

我醒來的時候，床頭放著一張字條：「月月，我去上學了，我會到妳們班上替妳請假，也會和妳的媽媽說。妳好好養病。」上面的字彎彎扭扭，小小的，一看就是蔣咪的字。

於是我又在竹床上躺了一天，腦子裡出現各種電視裡的可怕情節，從聊齋開始一直到斷頭案，紛紛上場，我躲在被窩裡緊緊咬著手指頭。

時間像一個腳步沉滯的老人，走得那麼那麼慢。我從來不知道，原來躺在床上也是一件這麼折磨人的事情。

一直到傍晚的時候，我聽見外面響起了我媽媽的聲音。我連忙從床上爬起來，穿好衣服，強打起精神走出去。

「媽媽！」我叫了一聲。

「月月，你好點了嗎？」媽媽走過來摸我的額頭。

「好了好了，早就好了。昨晚是被大狼狗嚇的，我們回家吧。」我努力裝作和以前一樣。其實，已經和以前大不相同了。

媽媽看起來憔悴極了，黑眼圈從來沒有這樣明顯過，一向整齊的頭髮顯得有些凌亂。她可能好幾個晚上沒睡覺了，她一直是個很優雅的女人啊……

我緊緊的拉著我媽媽的手，走出了蔣咪家的門。

4 死別

兩天以後，我放學去醫院看爸爸，我趴在窗口上看，等到學校的人都走得差不多的時候，才從教室裡走出來。

路過一家新開的飯店，門口擺放著四個很大的花籃。

我走到一個花籃邊上，又警覺的看看四周，確定沒有人，就伸手摘

了幾朵花，我的手有點發抖。我還是把花摘下來，藏在我寬大的校服裡。

爸爸隔壁病床的那個叔叔是一個局長，他病得不重。可是，總有人送大把的鮮花來。我爸爸是個普通的工人，來看他的人都送不起花。我更買不起。

可是，我想送他幾朵花，很想很想。山上也有花，可是我爬不到那麼高的山。

花籃裡的花總會凋謝的，我把它摘走了，就當是它早幾天凋謝了吧。對不起，花。如果你也有爸爸的話，我想你能理解我的心情。

醫院很遠，而我沒有自行車，小鎮上也沒有公車，我只能走過去。

我走一會兒停一會兒，走了很久很久，終於走到了醫院。我捏著花踮著腳跟走進病房，想輕輕的進去，讓我爸爸嚇一跳，可是我的眼睛所看見的，不是爸爸欣喜的表情，而是爸爸躺過的空空的病床。那塊繫在病床後面的牌子已經不在了，我的心一下子揪緊。

「爸爸去哪裡了？」我的拳頭緊緊的握住了。

是不是我走錯病房了？我抬頭看了看，三〇二，沒錯。

我走到值班護士那裡，想問清楚，可是，我沒有勇氣開口。

這時，我聽到一個尖利的女聲：「三〇二床不是今天下午死了嗎？讓新來的那個胃癌住三〇二床。」

天昏地暗，我覺得自己渾身的血液此刻都凍住了。

我跌跌撞撞的往回家路上走，一路上好像周圍所有的東西都模糊

了，我想走得快一點，可是走沒幾步就摔倒在黃泥路上，我掙扎著起來，再往前走。

在恐懼中，我希望自己能走得更快些，似乎走得快就能擺脫這種恐懼。

我的褲子和衣服上沾滿了黃泥，我知道自己一定像隻泥猴子。這時又下起了雪，下的是那種很小很細的雪花。雪花從我的領口鑽進來，我覺得好像有針在刺我的皮膚，可是我的心卻有刀在割著，所以我對於摔跤和寒冷帶來的疼痛很快就麻木了。

雪越下越大，天差不多已經黑了。地面變得越來越濕，我覺得自己再也走不動了，我的鞋子已經全都濕了，當我又摔了一跤的時候，我索性坐在地上大聲哭了起來。

一輛三輪車吱吱呀呀的停在我身邊。

「孩子，妳怎麼了？」是一個老人的聲音。

我抬起頭，看見夜色中一張老人的臉，眼睛卻閃閃發光，很慈愛的看著我。

「妳家在哪裡？我用車送妳回去。」

「丁香路楊柳巷一八九號。」

老人下車，把我抱

到了車上，上面還裝著硬紙板、可樂瓶之類的東西。這是一輛收購廢品的車。

在小巷口，我就聽到了哭天搶地的哭聲。在冬天的寒風和雪花裡，顯得淒厲和孤獨。

到家門口的時候，老人把我抱下車：「苦命的孩子啊。」他輕輕的嘆了一口氣，用手摸了摸我的頭。他的手，很像爸爸的手，很厚、很暖和。

我走進家門，家好像變成了一個完全陌生的地方，陌生的讓我害怕。

靈堂已經布置好了，地上鋪著很多稻草，我的姑姑伯伯們都在，他們都坐在稻草上，頭上戴著白色的帽子。媽媽很傷心的哭著，沒有人安慰她，所有的人都在哭。

掛在牆上的爸爸的照片好大好大啊。

我站在照片前面，直直的盯著照片。

爸爸，我怎麼不知道你什麼時候一個人偷偷拍了這麼大的照片呢？你說過，以後等我成了畫家，要給你畫一幅很大很大的肖像的，你怎麼不守信用呢？

爸爸，你還說有一天，我們要把你、我，還有我的小孩三個人小時候的照片洗在一張照片上，然後叫它「三個好朋友」，你怎麼不守信用呢？

爸爸，你知道嗎，如果沒有你，我長大成人的過程會比別的有爸爸的孩子困難很多，你知道嗎？

可是我最親的爸爸，最愛的爸爸，儘管你知道這一切，你為什麼還要丟下我和媽媽？媽媽她身體不好，你也是知道的。你為什麼這麼無

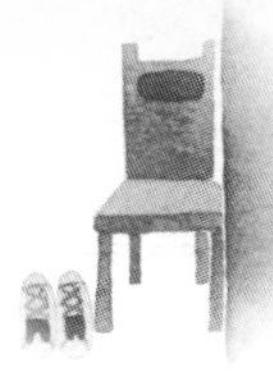

情？

你回來好不好，你不要走好不好？你回來，我一定會很乖很乖，好好的讀書，好好的畫畫，你讓我再去上陳月亮的課也行。

爸爸，你答我一聲吧，爸爸！

所有愛憐的目光，所有慈愛的責備，都成了過往中的片段。

我知道，我的手再也觸摸不到另一隻溫暖的大手了，我再也看不到像大熊一樣笨拙的繫著圍裙的熟悉背影了。

5 第一名

爸爸去世後，媽媽常常精神恍惚，她是銀行的職員，因此弄錯了幾回錢。一開始經理也體諒她，但次數多了，他也有些不高興了。

媽媽回到家常常說：銀行的事情她真的不適合做了。她說她要開一間小小的飲食店。媽媽說單靠她銀行的那份工資，是不足以供我以後上

大學的。

不要說以後上大學，就是現在也很困難，因為我們家的房子剛剛翻修過，二樓改成了三樓，不但積蓄都用完了，還欠了別人一些債。

我剛上國中那年，在全民經商的浪潮下，媽媽辦了留職停薪，真的批了營業執照，租了房子，開起了供應早餐的飲食店。她早上四點鐘起床，開始生火，然後和麵、做包子。她年輕時上山下鄉在北方，在那裡學的樣樣麵食都做得很地道。

一開始，我總是睡到六點鐘起床，然後去上學。但是媽媽沒有人幫她，我就五點鐘起床，也幫她做做包子、餛飩。我的手很巧，做這種東西根本不在話下。

後來生意越來越好，為了多做點包子，多賺點錢，我就四點鐘起床幫我媽媽。

有時候太睏了，做好包子我就在餐桌上趴著睡著了，直到客人來了，沒地方坐了，我才被媽媽或客人叫醒，我站起來，臉上沾著麵粉，手裡捏著一個包子，迷迷糊糊的去上學，我記得我因為這樣還感冒過很多次。我還寫過一篇作文〈一路打著噴嚏去上學〉。

為了早上早起而不睏，我只能晚上睡得越來越早，同學們到了學校在談論電視劇明星，我像傻瓜一樣茫然的坐在一邊。我根本不知道他們談論的事情，因為我沒有時間看電視。同學們拿零食給我吃，我也搖搖頭說不要。因為我沒有零食可以給他們吃，所以我也不可以吃他們的東西。

我覺得我的生活沒有了色彩。我曾經那麼熱愛的沼澤、水塘、水鳥也已經告別了我，長大了的蔣咪似乎也開始疏遠我。

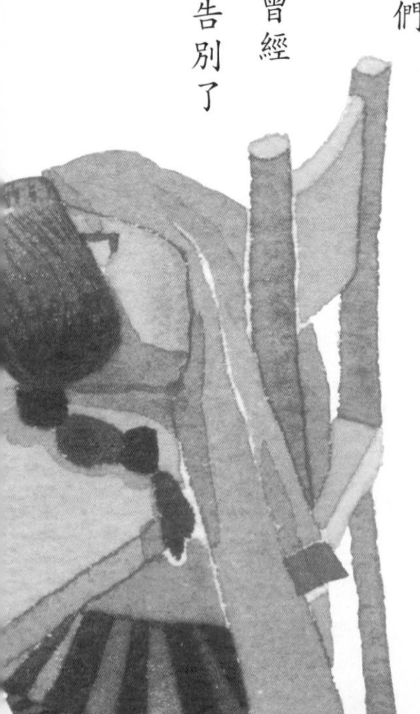

那個時候灰濛濛的夜空，常常看不到月亮，我站在屋前仰望夜空，不知道自己什麼時候才能看到金黃的滿月。儘管看不到，我還是會常常仰望。

屋子裡少了一個人，就會發現屋子太空了，太靜了。爸爸在的時候，屋子裡總是響著嘈雜的廣播聲，有時候是咿咿呀呀的越劇，有時候是嗡聲嗡氣的新聞廣播。

對於別人來說，寧靜洗滌了人們在繁雜的日常生活中的苦惱和煩躁，可對於我們家來說，寧靜卻直接宣告著我和媽媽沉默的痛苦。綿綿不絕的像蔓草一樣生長不息的痛苦，這痛苦纏繞著我和媽媽的心頭，纏得很緊很緊，有時候我感到無法呼吸。

媽媽有時候會說：「去把收音機打開。」我就扭開收音機，可是無論怎麼收，都收不到爸爸以前聽的那些節目，只有嘈雜聲依舊。我把收

音機關掉，屋子裡又恢復了死一樣的寂靜。

失去至愛親人的空虛常會在夜半夢醒時分襲擊我，無論被子多厚，我都會感到無法形容的涼意。我會爬起來，把枕頭塞進被窩，躺回去的時候，緊緊的抱著枕頭睡。頭靠著枕頭，鹹鹹的淚水順著臉頰淌到嘴裡，我伸出舌頭去舔。

那個時候，我唯一能嘗到的就是淚水的味道，我不知道這個世界還存在著別的味道。

那些個寂靜的時候，我除了想我的爸爸，還會想我的媽媽。我聽大人說，我爸爸就是翻修房子時太累了，才會生那種毛病。我絕對不能讓媽媽累垮。爸爸不在了，我要保護好媽媽。這時我就會把枕頭抱得更緊一點。我的思維就在爸爸和媽媽之間兜來兜去，有時候，也會想想蔣咪，他是除了父母之外，我最親近最信任的人。

晚上做完作業有空的時間，我也幫媽媽做事情，繞毛線啊，盤紐扣啊，以前晚上的這個時候我都在畫畫，現在我很少畫畫了。我們家沒有多餘的錢讓我買畫筆、顏料和紙張。

我心裡很喜歡畫畫，常常在腦子裡構想一幅幅的畫，怎麼樣構圖，怎麼樣上色，我心裡都一清二楚。在心裡想著我那些空中樓閣一樣的畫，是我最大的愛好。

如果我有畫筆和紙，這些幻想中的畫大概已經貼滿我們家客廳的牆壁了吧。我對這些畫充滿了感情，每晚睡覺前都要回想一下，有時候早上剛醒來，它們就從空中降落，向我問好。想著它們，我的心裡有種奇異的滿足感。

蔣咪不再像以前那樣天天往我們家跑了。大家好像上了國中就一下子長大了，彼此是男生還是女生分得很清楚。班級裡男生也似乎故意要

和女生劃清界限，強調性別差異所帶來的彼此間的隔閡。

我懷念小學時，男女同學之間沒有顧忌的說說笑笑，甚至吵架打鬧。

我還是在心底暗暗盼望蔣咪能來看看我和我的貓。他和我還是在同一所學校裡，我們放學、上學卻都不在一起了。

「當中學生一點也不好。」我對媽媽說。是的，如果可以的話，我希望我能回到小學。可是，人生沒有如果，時光也不會倒流。我只好繼續我不快樂的中學生生活。

有一天傍晚，我回家，看到蔣咪在我前面走，我剛想叫他，看到他旁邊還有一個女生，我就閉上了嘴巴，他們正有說有笑，好像有什麼事情讓他們很高興。

回到家，我一進屋就趴在桌子上哭了起來。我想到「背叛」這兩個字，我心裡難過極了。我覺得自己什麼都沒有，沒有了爸爸、也沒有了好朋友，連畫畫的愛好也不能繼續。我是個一無所有的可憐人了。

我越想越傷心，就繼續哭了起來。一直到媽媽叫我吃晚飯，我才停下來，擦乾眼淚，吃飯吃到一半，我又哭了起來，嘴裡鹹鹹的都是眼淚。比今天的紫菜湯還要鹹。

媽媽想讓我停下來別再哭了，就說：「我聽蔣咪的媽媽說，他現在一吃完飯就跑到隔壁那個工廠裡去撿破銅爛鐵，撿到收購站換錢，天黑了才回家寫作業。他媽也搞不清楚他怎麼一下子想到了這個。」

「他財迷啦。」我擦擦眼淚，頭也不抬的說了一句。「不要叫他蔣咪，叫他蔣迷好了。」

過了幾天，蔣迷居然來我們家了。

「月月，新班級好嗎？」他問我。

「好，簡直好死了。」我說。

他怔怔的，不知道說什麼好了。看著他的樣子，我有點後悔用這樣賭氣的語氣跟他說話。我想說點什麼，又不知道怎麼開口。

而他的兩隻手在身後慢慢移動，一下子又放到了前面。然後，彷彿下了很大決心似的，把他手裡的東西放到了桌子上。

是一盒水彩顏料和一支水彩畫筆。

「妳生日。」他說。

蔣咪連自己的鉛筆盒都是表哥表姊用剩下的，我知道他爸媽根本不給他零用錢。

「是我用撿破銅爛鐵的錢買的。」他衝著我笑了笑。

我想對他笑一笑，可是我笑不出來，因為我的眼淚又流了出來。哭歸哭，但我知道自己又可以畫畫了，我又笑了起來。

我也決定去撿破銅爛鐵，看來真能到收購站換點錢。我已經計畫好了，我要多撿一點，換來的錢我也有用處。

那個時候，媽媽把她的長頭髮剪掉了，剪得很短很短，媽媽沒有以前好看了，沒有頭髮的遮蓋，皺紋都很明顯。可是她說這樣可以省下不少洗髮精，她讓我繼續留著長頭髮，因為她說留短髮冬天太冷了。可是她的脖子露著，就不冷嗎？

當媽媽的頭髮又長了的時候，她念叨著「又要去剪頭髮了」。

我決定買一瓶洗髮精，媽媽就可以留長頭髮了。我真的不想讓她留這麼短的頭髮，長頭髮的媽媽多美麗啊。

那天吃完飯，我往隔壁的工廠走去，大門開著，我躡手躡腳的走進

去。有一個人蹲在那裡，我走過去，只用三秒鐘就辨認出來了，我大喊一聲：「繳槍不殺！」

那人舉著兩隻手站了起來，慢慢的轉過身，一邊還說：「長官，小的不敢了，再也不敢了。」

我和蔣咪平時就很愛演這種電影裡的場景，這是我們除了畫畫以外最大的樂趣。一般都是我當好人，他當壞人。

這裡的地上有很多焊接後剩下的鐵、銅的邊邊角角，我們就把這些東西撿起來拿到廢品收購站去換錢。

我看到了很大一塊三角形的鐵，這塊肯定值兩塊錢，我走過去，把它撿了起來。它黑黑的，拿在手裡沉甸甸。

「蔣咪，你看！」我大聲的叫了起來，我的聲音裡充滿興奮。

「是誰讓你們來這裡的！」一個混濁沙啞的男人聲音在我的背後響

了起來，我打了一個冷顫，這個人好凶，我還聞到了一股陌生的酒味。

「我們只是在這裡撿撿你們不要的廢鐵。」蔣咪走了過來，他抓著我的胳膊，他知道我一定害怕了。

「可是這個小姑娘手裡拿著的這塊鐵是還有用的，這可是好大的一塊。」

「我們不知道。」蔣咪挺直胸膛說。

「不知道以後就不要來撿了，要是再來我就不客氣了。」男人被蔣咪的理直氣壯給惹怒了，提高了說話的音量。

「我們走。」蔣咪拉著我要走。

「把鐵放下！」男人的聲音比我手上的鐵還要硬，還要冷。

我放下剛剛給我如獲至寶的感覺的那塊鐵。

我把它放在撿起它的地方，回頭看了它一眼，它在夕陽下熠熠發

光。我的心裡有一種說不出的留戀。

這個凶巴巴的噴著酒氣的男人實在讓我害怕，我再也不敢去那裡撿破銅爛鐵了。有時候想去那裡再碰碰運氣，剛剛動念，一想到那個怪獸一樣的男人，我就縮了回去。

但是我依然很苦惱。媽媽長而白皙的脖子，就那樣露著，讓海島上凌厲的海風吹著，一定有點疼。

我下了決心，要留住媽媽的頭髮，還是要給媽媽買洗髮精。

可是我上哪裡去弄錢呢？

老天好像很眷顧我的小小心願。

那時我參加婦聯舉行的「三八」婦女節的「我愛母親」徵文比賽，老師通知說我得了一等獎。得了獎，我也不是特別高興，心裡還想著洗髮精。我已經去百貨公司看過三次了，那些洗髮精的價格我心裡都記得很熟。我沒事的時候，心裡就反覆想著那個我最想買的洗髮精價格。那幾個數字，我簡直熟悉極了。

我心裡還想著，走過辦公室的時候，同學余小梅指指辦公室說：「妳看，放在桌子上的那盞檯燈是妳的獎品。」

我看到和檯燈並排放著一個粉紅色的瓶子，那是舒蕾洗髮精，我在百貨公司看到過，我就是想給我媽媽買這個！

「哦，那個是三等獎的獎品，班長于萍萍這次得了三等獎，她輸給妳了，肯定心裡不痛快。」余小梅順著我的目光說。她不喜歡于萍萍，大家都不太喜歡她，覺得她很驕傲，對誰都冷冰冰的，還喜歡管人，一副眼睛長到頭頂的樣子。

我沒有理會小梅，一個人逕直走到了辦公室裡面。

「老師，可不可以讓我得三等獎，我得一等獎沒用。」我說。

老師抬起頭來笑著：「傻孩子，榮譽不能換的。」

「可是，老師，要是沒有洗髮精，媽媽又要去剪頭髮了。」我有點語無倫次。

老師有點聽出來了：我很需要這個婦聯發的特殊獎品。婦聯真是有意思，竟然會把洗髮精當獎品發，也許那些阿姨們也知道母親的心，難道她們也都留著短頭髮？

「這樣吧，我找于萍萍商量一下，看她是不是願意和妳換。」老師說。

當天下午開班級會議，老師把榮譽證書和獎品發給了我和于萍萍。我拿到的還是一盞檯燈。

我趴在課桌上哭了起來，我真的很難過，一切都沒有希望了。

晚上回到家，我吃飯沒有胃口，坐在葡萄架下發呆。覺得自己怎麼這麼命苦，種種事情，老天都和我作對，覺得人活著這麼沒意思。正胡亂想著，忽然聽到有人在喊我的名字，我走出去看，于萍萍站在門口，手裡拿著洗髮精。

「來，送給妳！」她把粉紅色的瓶子遞給我。

我沒有伸手去拿。我沒想到會是這樣。我一點也不了解于萍萍。她這是什麼意思？

我抬頭怔怔的看著她。她高高的額頭在夕陽下發亮，黑黑的眼睛也很亮。她的丹鳳眼正直直的看著我，她的目光毫無阻礙，直直的射進我的心裡。

我伸出手緊緊抓住了她空著的手，她

的手很瘦很小，竟被我完全捏在手裡了。而她卻是個很高挑的女孩子，讓人怎麼也想不到。我以前竟然一點也沒有注意過她的手，真是奇怪。

那件事情過去幾個星期後，我偶然路過辦公室，聽老師在辦公室裡說，于萍萍的媽媽知道于萍萍把獎品送給我，打了于萍萍一個耳光，罵于萍萍自作主張，是于萍萍的媽媽在菜市場買菜的時候跟別人說，老師剛好聽到的。

她因為我的心願竟然要受到這樣的委屈，我覺得自己很對不起她。我希望我能報答她——用民間故事裡的那種講法。

我一直在等待機會。但是她應該不需要別人幫忙，因為于萍萍是我們班班長，班長都是很強的，需要人幫忙的機會很少。

很少，還是意味著有。

到了期末的時候，她編報準備參加區裡的展覽，可是到了期末考試的時候，大家都很緊張的複習，會畫畫的誰也不願意幫她畫插圖。

于萍萍很著急，她不能錯過這次機會。得獎了，她就能參加夏令營。我知道她已經被好幾個畫畫好的人拒絕了。

我放學的時候在教室裡等于萍萍，看見她整理好書包走出去了，我也站起來和她一起走出去。我卻不知道該怎麼開口。

出了校門的時候，我忽然說：「我可以幫妳畫插圖。」

于萍萍輕輕的說：「謝謝妳。」我們在附近社區的石凳石椅上討論了插圖的事情。于萍萍編的報很大，半面黑板那麼大，要畫很多插畫，其中還有連環畫。我們仔細的討論了大約四十分鐘，覺得很周全了，于萍萍把報交給我。

我知道這不是一件輕鬆的活兒，我下了決心，晚上不睡覺，替她畫插圖。我媽媽知道她女兒在為朋友兩肋插刀，所以也不阻攔我。

畫是畫完了，收工的時候，已經凌晨四點。我發現我的頸子動不了了。我爬上床，想著躺過這一晚就會好了，誰知道我根本沒法躺下去。

我的脖子一動就疼得我想叫。

我只好坐在被窩裡，背靠在豎起來的枕頭上。我感覺脖子正在一點一點變硬，就好像一個活生生的人正變成冰冷冷的石像。

夜色濃重，黑暗中的我害怕極了，我擔心，擔心會有可怕的事情發生。我會不會連健康的頸子都失去，身體的另一個重要部位也殘疾？在漆黑的房間裡，恐懼像藤蔓一點點的爬到我身上來，我想像著：要是頸椎癱瘓後，我的後半生要怎麼樣度過？我努力回憶著我所知道的某些頸椎癱瘓的人的後半生。

我在恐懼的想像中，迷迷糊糊的睡著了。

第二天早上，我醒了，我捏了捏我的脖子，好像軟了一點，不像昨天那麼僵硬了。我扭了扭，能扭比較小的幅度了。我長長的鬆了一口氣。

我的脖子沒死，還活著，我還能畫畫。

6 生離

經過這件事情以後，班裡的同學都把我和于萍萍當成講義氣的人，我的心被那些眼神撐開了，撐出了幾分明朗。

那時我知道了，十幾歲的人與人之間，並不只是零食交換和對電視劇的共鳴，還有別的東西。

我和于萍萍，並不是天天膩在一起，但是我已經把她當成了我的好朋友。

于萍萍星期天來我們家寫作業。不知道怎麼回事，我和她一對數學答案，有很多不一樣。以前我們總是非常一致，最多只有一兩題不一樣。

「怎麼回事？這麼多不一樣？」我拿著兩本本子，迷惑極了。

「妳別看了。肯定是我錯了，我今天狀況不好。」于萍萍顯得很疲憊。「我爸爸媽媽最近在鬧離婚，媽媽在家裡披頭散髮大聲吵鬧，爸爸則一躲了之。我媽媽晚上不睡覺，整夜不是哭就是唉聲嘆氣，我怎麼也睡不好。」于萍萍讓我看她的黑眼圈。我忽然看到她發乾的嘴唇正在流血。

「妳嘴唇怎麼了？在流血！」我掀開鉛筆盒的蓋子，裡面有一面鏡

子。

「妳看看。」

她看了一眼鏡子，有氣無力的說：「上火，嘴唇起了泡，然後吃的麵包太硬，就碰破了泡，血就出來了。」

「吃麵包？妳媽媽不煮飯了？」

「我媽媽有一個月不煮飯了，吃飯的時候她要麼不在，要麼躺在床上。我只能吃麵包和速食麵。」

「妳媽媽在吃飯的時候，出去幹什麼了？」

「好像是堵我爸爸去了。上班的時候她不能進我爸爸的辦公大樓，她就中午下班的時候到大樓門口去堵我爸爸。有什麼用呢？」

這時我媽媽回來了，已經中午十一點了。

「于萍萍，在阿姨家吃飯吧。」我媽媽說。

「于萍萍，就在我們家吃飯吧。別一個人吃硬麵包，待會又把嘴唇弄出血了。」我用手臂推了推她。

「嗯。」她點了點頭。

「什麼，萍萍妳中午吃硬麵包？妳們現在正是長身體的時候，正餐一定要好好吃。阿姨跟妳說啊，以後就和月月來我們家吃飯，知道嗎？」

「對、對。」我連忙說。

于萍萍的爸爸媽媽怎麼可以這樣？他們離婚，可是把小孩

的生活給弄糟糕了，連正常的飯都吃不上。

他們都說離婚是大人的事情，可是這直接影響了小孩的生活，這樣真是太自私了。

吃完中飯，我和于萍萍關到我的小房間裡，又討論起離婚的事情。于萍萍好像鼓足了很大的勇氣似的說：「我聽我媽媽說，爸爸在外面有了一個女人才和她離婚的。這真的很丟臉，我很害怕班裡的同學知道這件事情，妳要為我保守祕密。」

我一把握住她的手說：「那還用妳說。當然，妳要我怎麼樣都可以。」我心裡真的希望，是渴望，為一個真正的朋友兩肋插刀。

聽了于萍萍的祕密，我除了難過，還有一些榮幸，她只跟我一個人講。我是她的唯一。

于萍萍沉默一會兒，好像在認真思考，然後說：「像我們這種從小經歷磨難的人，長大後肯定特別有出息。」

「對，至少比一般人堅強。」我這樣說。很奇怪，我自己寫作文的時候寫不出這樣的話，但是在于萍萍面前就能夠說出來。她是那種能夠給我靈感的人。

于萍萍是那種看起來驕傲，冷冰冰的女生，但是根據我現在對她的了解，像她這樣子，我認為她是為了保護自己。她害怕別人看出她們家支離破碎的面貌，她受不了別人的嘲諷，更受不了別人的可憐。這種感受我從五歲時就已經有了，所以我格外能理解她。

她不想讓同學真正的走近她，她怕別人走近了她，就會看出她們家可悲的一面。這個女孩正全力保護自己家裡難堪的隱私，但是她不怕我知道。因為我們的家一樣不完整，只不過不完整的原因不同。

于萍萍說她想懲罰那個搶走媽媽的女人。她神色肅穆，咬著橘子汁的吸管，惡狠狠的說了一句很像煽情電視劇裡的台詞：「我要讓她知道，任何事情都是有代價的。」我立刻忠誠的說：「我幫妳一起懲罰她。」

星期六，我們花了整整一個上午來謀劃這次報復行動。我們商量了一個上午，得出一個結論：一個人最大的痛苦是內心的痛苦，有一種很厲害的痛苦就是發現自己是個壞人。人會有很強烈的愧疚感。那時，我和于萍萍都已經看過了《復活》，知道一個人的愧疚感和自責會像鬼魂一樣跟隨著一個做過錯事的人，讓他一生中內心都不得安寧。

我們決定給那個女人的懲罰，就是要讓她的一生都背負強烈的愧疚，帶著這樣的罪惡感走向墳墓。

我們決定讓于萍萍裝病，于萍萍化妝成病得很厲害的樣子去那個女人家，然後兩人一起聲淚俱下，控訴這個女人自私、殘忍的行徑給于萍萍家庭和于萍萍個人帶來的致命打擊。

于萍萍參加演講比賽得過一等獎，她在台上說到動情處，台下的人真的會淚花滾滾，是真的，我看到過的。我和于萍萍一起來寫這次的演講稿，我們兩人都是作文高手，寫出來的東西足以讓那個女人的靈魂顫抖。

我在稿子裡寫進了自己的感情，因此很激動。于萍萍讀第一遍的時候就讀出了顫音。

「妳知不知道，妳的快樂建立在一個比妳弱小得多的，需要父親呵護的孩子的痛苦之上？沒有了父親，她的一生都會比別人艱難。她會比別人矮一截，她會被老師同學冷眼相看，她生病的時候只能發高燒等死，而沒有一個父親的肩膀把她背進醫院。她怕別人在背後嘲笑她，她

不敢走近人群，她怕受傷害。她的一生都擺脫不了這樣的陰影。對於她的傷害，長大以後大人做什麼都不能彌補。而妳，就是那個罪人。妳的一生，內心都不會平靜。」

我們對稿子很滿意，相信如果這個女人只要是個普通人，心不至於是石頭做的，都會對她產生一點影響。

于萍萍說她跟蹤過爸爸，一到星期天早上，爸爸就會一個人去教堂。那個女人一個人在家裡。

於是，我們決定趁著于萍萍的爸爸不在，殺到了那個女人家。一路上，我們的心撲撲狂跳，像是要去參加一個祕密的地下行動，莊嚴又榮耀，帶著幾分興奮，帶著幾分已經醞釀好的憤慨情緒。

我們咚咚咚的敲門，一個老婦人來開門。

「妳是誰？」于萍萍問。她顯然知道這房子裡有幾個成員。

「我是看護。」

「那個女人呢？」

「去醫院做化療了。」

化療？這個詞就像一個我決計不想再見到的故人，從歲月的厚重塵埃探出埋藏許久未見的面容。這個詞，和爸爸病故的那段日子，緊緊聯繫在一起。

這個詞，就像一枚被踩到的地雷，牽動了我心底的地雷陣，我整個人都被炸得轟隆隆作響。

此刻的于萍萍也呆住了。這是我們無論如何都沒有預測到的一種狀況。

搶走她爸爸的，讓于萍萍陷入不幸境地的女人，竟然是一個癌症晚期的病人，一個不幸的女人，而不是我們原來所設想的，一個妖豔、狐媚，得意洋洋的年輕女人。

我相信于萍萍的內心是個非常善良的女孩。她的怒氣沖沖和自怨自艾這時像可樂瓶裡的氣一樣，一下子不見了。

她輕輕的說：「她得的，是什麼病？」那語氣裡沒有關切的意味，但聽得出來，她沒有幸災樂禍。她知道這對那個女人來說，是怎麼樣的災難。

那個老婦人搖搖頭：「恐怕狀況不太好，唉，這個人也命苦啊。」

我和于萍萍快快的離開了那個房子和老婦人。我和于萍萍一邊走路一邊踢著路上的石子，路上的可樂瓶，踢著任何我們能夠踢到的東西。

我們走到公園裡，坐在花壇上，默默的晃蕩著我們各自的腿。

過了很久，于萍萍說：「妳說，她是不是快要死了？」

我想了想，深深的點了點頭。我們都聞到了屋子裡傳出來的那種味

道，一種好像從很遠很遠的地方傳來的腐爛水果，和衰敗花朵的味道。

于萍萍慢慢的解開自己的馬尾辮，在空中搖晃著自己的頭，頭髮在風中飛揚起來。

她的頭髮像春天初生的柳絲。忽然，她停了下來。

「月月，我想去剪頭髮。妳能陪我去嗎？」

我又深深的點了點頭，我願意陪她去做任何事情。我心裡這樣想，可是我沒有說出來。

我們到了一間專門替大人剪頭髮的髮廊，我們以前從來沒有去過的陌生髮廊。

「小姑娘，剪頭髮還是燙頭髮？」瘦高的理髮師問我們。

「她要剪頭髮。」我輕輕的拍了拍于萍萍的肩膀。

于萍萍輕巧的跳上了高腳椅子，兩條修長的腿懸著，沒有碰到地面。

「怎麼剪？小姑娘。」理髮師笑咪咪的探下頭來問。

「剪掉，全部剪掉。」于萍萍果敢的擺了擺手。

「這麼好的頭髮全部剪掉真可惜，頭髮好得可以做洗髮精廣告了。」理髮師搖了搖頭。

于萍萍一聲不響。

「妳一看就知道是書讀得特別好的學生。」這個理髮師恭維小顧客。

于萍萍的臉上還是沒有什麼表情。

我心煩的時候就會想到剪頭髮，所以如果經常剪頭髮，別人就可以推斷出我那段時間一定比較煩惱。沒想到于萍萍和我有一樣的習慣。

理髮師洗了于萍萍的頭髮，體貼的拿了一本髮型書讓于萍萍挑選自

己喜歡的髮型。

于萍萍對著一個很短的髮型隨便一指，「剪這樣就可以了。」

然後理髮師就「喀嚓喀嚓」的開始剪于萍萍那黑得像最黑的夜色一樣的頭髮。

理髮師完成了他的工作，放下吹風機。「好了。」于萍萍跳下高腳椅，掏出錢，看也不看一眼鏡子，就走出了門。理髮師把找錢塞到我手裡。我連忙追了出去，把錢塞到于萍萍的口袋裡。

「雖然人都不想死，可是活著也不一定那麼好。」于萍萍莫名其妙沒頭沒腦的說了這樣一句話。我猜，這是她在剪頭髮的這段時間裡思考的總結。

我不知道該怎麼回應她。

「月月，我不想回家。」于萍萍忽然轉過頭來，求助般的眼神對著我。

我忽然想起多年前我不想回家，在街上遊蕩碰見蔣咪的黃昏。那個黃昏的天空和現在的天空，一模一樣。劇情依舊，背景依舊，不同的只是換了演員，這一次，蔣咪的角色，由我來扮演。

我和于萍萍走進了一間很小的餃子館。我們要了兩碗餃子。我的是白菜豬肉餡，她的是芹菜牛肉餡。

「人生就像餃子，你看到了外面白色的皮，卻無法猜到裡面的餡，有著什麼樣的不同。」于萍萍發表了一句很像電影台詞的感慨。

「于萍萍，妳知道什麼是愛嗎？」我忽然問，連我自己都有點吃驚。

「愛一個人既憂傷又快樂。」于萍萍低聲說。「會為他流很多眼

淚。妳為男孩子流過眼淚嗎，月月？」

我嘴巴裡咬著餃子，搖了搖頭。在搖頭的時候，我忽然想起了那天，我看到蔣咪和女孩在一起，我回到家邊吃飯邊哭的事情。不過，我想，這應該不算的。

我使勁把餃子吞了下去。蔣咪現在在幹什麼？現在于萍萍成了我最親密的朋友，我是不是在背叛他呢？他會因此而難過嗎？他是男孩子，不會那麼容易就流眼淚的。

「那個人是誰？」我小聲問，怕被餃子店的老闆聽到。

「一個遠方的人。」于萍萍低下了頭。「我只見過他一次，可是我們在通信。幾個月寫一次信。」

于萍萍說話的時候彷彿眼前燭光搖曳，眼神恍恍惚惚。

我沒有遠方的人可以讓我思念，我只思念遠在天國的爸爸，我的爸爸從來不打我。他穿圍裙的背影，像隻大熊。我的爸爸只愛媽媽，我的媽媽也只愛爸爸。

媽媽所有的眼淚都是為爸爸流的。

「于萍萍，妳和妳爸爸、媽媽討論過愛這個問題嗎？我的意思是他們的愛。」我問她。我想既然于萍萍自己在想愛這個問題，那和她爸爸媽媽探討這個問題也算有點理所當然。

「沒有。」于萍萍搖頭。她頭髮太短了，這樣讓白皙的脖子露著，讓人擔心會不會抵擋不住秋天的寒風。

「我一直以為爸爸是誤入歧途，被壞女人迷惑才和媽媽離婚的。看

來我錯了。那個女人得了這樣的病，爸爸還和她在一起，我想只有一個原因，爸爸愛她。」于萍萍說。

她說得很快。但是我想，她思考這個問題的過程一定很艱難。有誰願意承認自己的爸爸愛的人不是自己的媽媽，而是另外一個女人？但是，也許這就是于萍萍與眾不同的地方。

「可是我媽媽還愛我爸爸。只是她的表達方式一直都不太好。換一個人，也會受不了。」于萍萍很平靜的說。

我不知道她是一直就這麼成熟，還是今天忽然成熟了。她這樣說的時候，我像不認識一樣看著她。我知道于萍萍在家裡經常被她媽媽打，把獎品送給我而挨打只是其中一次。

「我成績已經很好了，如果吊車尾，可能已經被媽媽打死了。」我記得不久以前，于萍萍和我說過這樣一句話。

那天，我和于萍萍在昏暗的燈光下坐了很久。她不想回家，我就陪著她。

已經很晚了。她還是沒有要走的意思。

這個時候，我聽見門口有人叫我的名字。很輕，但是能聽出來。蔣咪走了進來。

「月月，妳媽媽很擔心妳，讓我幫忙找妳，原來妳在這裡啊。」他好像沒有看到于萍萍，只看到了我。

「我陪陪于萍萍，她今天有點事。」我對蔣咪的出現很感激，附近狗很多，一到晚上就在街上亂跑，我從小就怕狗。

「要不，我和妳一起送于萍萍回家吧。」蔣咪說。

我沒有哥哥，這種時候，蔣咪完全像一個善解人意的哥哥。在往後的歲月裡，我見過聰明會讀書的男孩，精明想幹大事業的男孩，可是再也沒有碰到像蔣咪這樣的男孩子。別無所求的對一個人好，即使那個人一無所有，什麼都不能給他。

于萍萍像個溫順的小妹妹一樣，跟著我和蔣咪走出店門，我們把她送回家。她們家黑乎乎的，她媽媽不在，我說：「妳媽媽可能是出去找妳了。」

于萍萍說：「是去打麻將了。電視機的天線不見了，媽媽每次去打麻將都會把天線放在皮包裡帶走，以免我看電視，我喜歡看電視。」

于萍萍勉強擠出笑容：「我想睡了，你們早點回去吧。我沒事的。」

我和蔣咪走出了于萍萍家，並肩走在黑暗的小巷裡。我們已經很多年沒有在晚上並肩走路了。

那天晚上，我拉住了他的手，在最黑最黑的地方，我害怕。

他默默的拉著我，帶我走出了黑暗。

到了路燈很亮的地方，他鬆開了我拉他的手：「很亮了，妳可以自己走了。」他輕輕的說，用的是很溫柔的口吻，我以前沒有聽到過的口吻。我的心像軟糖一樣化開了。

那天以後，于萍萍再也沒有提起她爸爸和那個女人的事情。我不知道那個女人的病是好了，還是更嚴重了，不知道她會不會死。不知道于萍萍的爸爸會不會回到女兒身邊。

但是有一天，于萍萍忽然說：「我們要搬家，我要轉校了。」

「為什麼？」我很驚異，皺著眉頭問。

「爸爸和那個女人搬到了省城，為了看病方便。媽媽說我們也要搬

到那裡，她要去那裡開一家小超市，舅舅已經幫她把手續都辦好了。媽媽說，要是有一天那個女人死了，爸爸就會回來跟她和好了。她大概不想爸爸走出她的視線。」于萍萍無奈的說。

「等那個女人死？那，那……」我說出這句話的時候已經後悔了。于萍萍甩甩已經習慣的短頭髮說：「媽媽一直在追趕，但是一直在丟失。」

我和于萍萍相約保持通信聯繫，一年寄一次照片。可是我還是很憂傷，因為她畢竟要離開我了。

「我其實不想走的，可是我也不想勸阻媽媽。這是她的希望，雖然我並不贊同。」于萍萍說。

7 情書

于萍萍走了。

她寄來了她的照片。頭髮又長了。她沒有提那個女人和爸爸的事情，也沒有提那個她思念的人。只是說，我是她第一個好朋友。她很想我。

我也告訴她，我很想她。她是一個令人難忘的人，她的智慧遠遠超過同齡女孩。我真的是這麼想的。

于萍萍在那所學校，瘋狂的參加各種競賽，發瘋似的得獎，她寫信說，她媽媽再也不打她了。可是，她還沒有找到一個像我這樣的好朋友。有時她會感到憂傷，覺得自己孤獨的像是天上的寒星。

因為她憂傷，寫信時我就多寫幾張紙給她，把我的能量傳遞給她。

我個子長得很快，而且比以前好看了。

蔣咪還保持著溫暖的笑容。我們在放學回家的路上碰見會一起走回去，一邊走一邊說話，其他的時候也很少碰面，我們的學習和生活都是非常忙碌和辛苦的。

有一天放學的時候，我聽到我們班男生在背後偷偷叫我維納斯，我知道，就是殘缺的美。維納斯少了隻胳膊，我缺了隻腿。我告訴蔣咪，他說要去揍他們。我說：「算了，我並不真的生氣。」蔣咪說：「我也並不是真的要去揍他們。」

我們兩人都笑了起來。

他們男生可能覺得我美麗，可是，在生活的關鍵時刻，美貌起不了重要的作用。媽媽是個美麗的女人，可是美麗不能阻擋她失去丈夫。而且，再豔不可擋的女人，她的豔光，歲月老人都擋得住，他不會因為妳美麗而對妳格外開恩。皺紋、關節炎，都會相伴而來，並不因美麗的容顏而望之卻步。漸漸長大的我，開始知道人生有些困境、難題，情感都是不可抗拒的。

我沒有忘記我的畫筆。可是，我卻不知不覺已經是九年級的學生了。

九年級了。我們每天除了學習就是學習，就像校場上的士兵，在教

頭的帶領下，一、二，一、二的不斷操練相同動作，只盼能在上戰場的那天奮勇殺敵。不知疲憊的，是那些被我綿綿不斷的做著的，似曾相識的題目們。它們如果有生命，是否會厭倦的說：「啊，怎麼又被這個人做？我怎麼這麼倒楣，她又把我的答案弄錯了。」題目們，你們是碰到了一個疲憊的人啊。我們是一樣可憐。

可是，九年級這個詞在班主任和老師口中說出顯得很神聖。一到每星期的班會課，梁老師就要把九年級在人生中的重要性說一遍。

她的神色，凝重的就像是老媽媽送年輕戰士上朝鮮戰場。說到激動處，我看到她乾燥發白的嘴唇在微微抖動。有時，我的心會為之一動。而更多的時候是——

我在下面聽著，繃著嘴唇。想著自己的心事。

我在和自己說話：

做小孩也很膩的，就像一棵樹在長大，需要更多空間伸展自己的枝葉，需要更多鳥兒飛來和自己做朋友，可是長久以來，你得到的空間還是只有這樣大，周圍還是那麼寂寥的幾聲鳥叫，就會在心裡深深失望——長大的意義又在哪裡？樹只有按照本來的規律長大，才能長出最健康、最有魅力的樹冠，可是現在我們這些樹卻被套在鐵絲裡，你們要把我們塑造成統一的樣子。

我胡思亂想著。也不知道怎麼的，一到了國中，我的想法就變得特別多。而且特別愛在老師意味深長的對我們進行成長教育的時候產生這些想法。我打算把這些想法記錄下來寫成作文，存放起來，也許我以後當了老師，

我就會把這些東西時不時拿出來看，提醒自己，看看，看看，妳自己曾經也有過這樣的想法，現在妳這個當老師的，要考慮到學生的真實感受！

我希望我的梁老師年輕時有過這樣的一個本子，裡面記著年輕時代的想法，現在可以不時拿出來看。可是，我猜她應該是沒有的。看著她，我想像不出她是個十幾歲少女的樣子。我想像不出那個時候的她，會有怎麼樣的想法和情懷。

開了半節班會課，梁老師說：「還有半節課，我們把昨天的數學試卷答案對一下。大家把試卷拿出來。」

於是教室裡一片窸窸窣窣的聲音，大家乘機講了幾句閒話。

「章眉眉今天早上收到了一封情書，妳知道嗎？」我的同桌安琪低聲的說。

「啊——，這麼可怕，是誰寫的？」我把頭藏到拉起來的課桌板下輕聲問。

「好像是小混混。眉眉給我看了，裡面有好幾個錯別字呢。可把眉眉給嚇壞了。」

安琪和眉眉都是我現在的好朋友。眉眉是一個像林黛玉一樣的女孩，細眼睛細鼻子，個子很高挑，說話也柔聲柔氣，她奶奶是蘇州人，眉眉像她奶奶，在她身上看到了江南水鄉的風情。眉眉是個嬌滴滴的女孩子，總是需要被人保護。這會出了這樣的事情，她一定嚇壞了。今天早上我來晚了，沒有和眉眉說上話，所以她先告訴安琪了。

「有人的答案是不是全部都正確啊，可以不聽老師講解了？」梁老師的眼鏡從鼻梁滑落，眼神在沒有鏡片阻擋的情況下，直接向我和安琪

勾過來。顯得格外凌厲，看得我打了個冷顫。

一開始，因為我身體的特殊情況和家庭的特殊狀況，老師們考慮到我可能會有自卑心理，所以該批評我的時候一般都對我網開一面，或者措辭緩和。不過兩年下來，他們發現我已經和別的孩子沒有什麼兩樣了，也就像對待別人那樣對待我。

梁老師在黑板上刷刷刷的寫著正確答案，旁邊的鄭大海神色詭異的遞給我一張小紙條：

放學後，大樹下見，有事相商。

眉眉

眉眉果然慌了。

其實我也慌了。小混混。圍牆外的世界。

放學以後，我們在學校後面的大樹下會合。我，安琪，眉眉。

眉眉把信給我看：

眉眉小姐：

我們的一個兄弟碰到了一些特殊情況，妳能不能見我們一面？

明天下午5點，我們在校門口的車朋等妳。不見不散。

海峰　大毛　包頭

眉眉說：「信是早上班上一個男生給我的，說是一個小混混給他的，要求他轉交給九年四班的眉眉。」

「安琪，這不是情書。妳瞎說什麼啊。」我看完以後說。

「嗯，小混混寫信給國中女生，能有什麼好事情？」安琪的鼻子好像噴出了一股冷氣。

「眉眉，別理他。」安琪說。

小混混。我的心裡有點緊張，我們學校的女生確實會碰到被小混混騷擾的情況，有些女孩子就這樣被小混混盯上，就此墮落了。本來好好的一個讀書幼苗，就這樣毀了。我為眉眉擔心了起來。可是，避而不見也不是解決問題的辦法。這些小混混神通廣大，跟著妳，黏著妳，還能找到妳家裡去，半夜三更站在妳家窗戶外面叫妳的名字。想想都恐怖。

「我看這樣吧，眉眉先不要出面去見他們。明天我找一個男生和這些人談談，看他們到底想幹什麼。反正我這個樣子，他們也看不上我。安琪妳是小美女，也不要出面，被他們看上了也麻煩。」我想了一會兒說。

「這樣也好。」她們兩個點點頭，對我充滿感激。

「妳們明天放學不要先出來，就在教室裡，等我們把事情談好了，再回來找妳們。」

晚上我找到了蔣咪。把信拿給他看，想和他商量一個對策。蔣咪其實不認識眉眉。

不過他並不問眉眉是誰，是不是我最好的朋友，平時有沒有招惹小混混之類一般人都會問的問題。

「蔣咪，你說這些人是什麼意思啊？」

「不知道。我覺得他們和那些小混混還不太一樣。感覺啦。」

「對，我覺得他們好像想說什麼，信裡又不好說。」

「反正明天我們去見見他們，到時候再說。」

第二天，下午五點鐘，蔣咪來我們班門口等我，我們一起走到校門口。果然已經有三個男孩等在車棚了。

我們迎了上去，一個綠衣服的男孩趕緊捏熄手裡的香菸，屁股從一輛自行車後座抬了起來，把視線轉到我們身上。我不知道他是海峰、大毛，還是包頭。

「我是眉眉的同學。她有點怕你們，所以我先出來和你們談談。如果我覺得你們不可怕，再讓她來見你們。」我單刀直入。

一個穿牛仔衣，頭髮長到耳朵下面的男孩有些尷尬的笑了笑，連忙說：「行，行。」

「你們說吧，找眉眉到底有什麼事情。」

牛仔衣咬了一下嘴唇，抬起頭來說：「說來話長，要我們找個地方慢慢說。慢慢說。」

剛才抽菸的男孩沙啞著聲音說：「晚飯我們請，上飯館。」

我猶豫了一下，和一幫長頭髮還抽菸的小混混上飯館吃吃喝喝？我看了蔣咪一眼。

蔣咪說：「行。」

去就去，我也不怕他們。他們最多比我們大一兩歲，也不能把我們怎麼樣。而且，他們看起來沒有什麼惡意，好像還有求於我們。

到了附近一家叫做「紅蘋果餐館」的地方。開這個餐館的人，是我一個同學的父母，他們兩個都從機械工廠退休，就從親戚家借了錢開飯館。這是我那個同學告訴我的。他現在好像都能吃上巴掌大的牛肉乾和巧克力了，我很羨慕他。

一直沉默的黑衣服說話了：「你們都知道最近一個

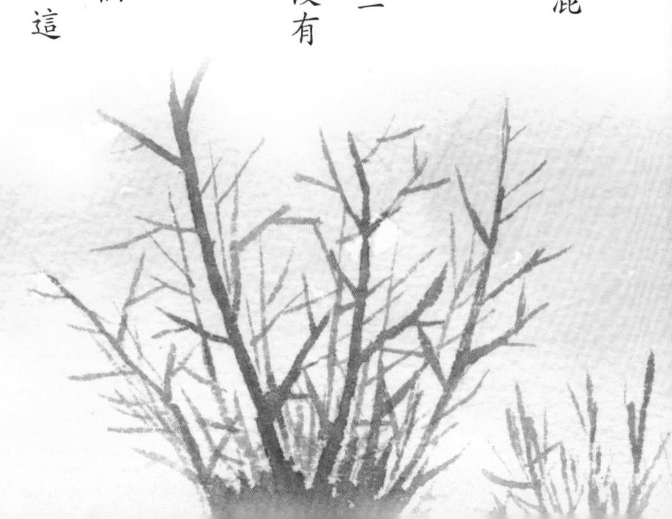

十五歲男孩殺人的事情吧？」

「嗯。」我和蔣咪點了點頭。我們住的這個海島只有十萬人口，小地方有點什麼事情就傳得沸沸揚揚。我們從大人那裡聽說了這件事情。島上的治安一直很好，鮮有殺人這樣的事情發生。一到學校，大家都在議論這件事情，也都是從大人那裡聽來的。

黑衣服有點沉痛的說：「那個殺人的男孩，是我們的哥兒們，他叫車小卓。」

「啊！」我張大的嘴巴定在了半空中。我的手一下子拽住了蔣咪的手臂。

「那個眉眉，是小卓喜歡很多年的女孩子。」牛仔衣說。

「我們都知道，小卓特別痴情，傻乎乎的喜歡她很多年了。」綠衣服也加了一句。

「他們小時候就認識，住得也近，後來搬家，住得遠了。但是國中時同一間學校還是能碰到。後來小卓高中沒考上，就讀了職業學校，那樣就很少碰面了。」

「而且眉眉都不知道小卓這麼多年都喜歡她，這個傻瓜都沒有喜歡過別人。」牛仔衣說。

「你們想怎麼樣呢？」我的心裡有點緊張。

「唉，我們也不知道。我們就是覺得小卓他特別可憐吧，妳知道他為什麼殺人？就是因為那個被他殺死的傢伙，說小卓的媽媽是爛貨，還有很多難聽的話。有一次，他又當著小卓的面這麼說，小卓打了他一拳，結果和那傢伙在一起的幾個人全部上來打小卓，把小卓打得不成樣子。過了幾天又見到那個傢伙，那死性不改的傢伙又侮辱小卓他媽，小卓就從懷裡掏出一把刀，給了他一刀。結果刺中心窩，對方當場死了。」

「其實小卓也是傻，叫我們給那傢伙一頓暴打報仇不就行了，非得自己出手，還捅他一刀。這小子，膽子又小又老實，平時從來不和人幹架。沒想到兔子逼急了也會咬人，還咬得這麼狠，還把自己給賠上了。」

「唉，小卓真是個好人啊。對哥兒們好沒話說。自己的錢都叫我們哥兒幾個花了，自己餓肚子也就餓了。」

「他們學校服裝科一個小妞看上他，他理都不理人家。送上門來的都不要，傻啊。」

「老闆，啤酒！」

那天晚上，他們三個人說了很多很多，還喝了很多很多酒，最後，都哭了。我和蔣咪也哭了。哭了很久都停不下來。可是傷心的理由我們卻並不明確，只是心裡的惆悵從眼裡沒有阻攔的沖了出來。

一直到最後，他們三個都沒有提為什麼要找眉眉，也沒有提出見眉眉的要求。

後來，我把那天晚上的事情和談話告訴眉眉。她幽幽的，一個人發了很長時間的呆。

可是這件事並沒有這樣結束。

兩天後，我被班主任叫到校長室，蔣咪也在。

陳校長是一個很瘦很瘦的老人，看起來不太好親近，讓人害怕，像我的爺爺。平時有事情都是教導主任出來訓話，他很少出面。

我進去的時候，看到他的背。他好像正在從書櫥裡拿出什麼東西。

我撞翻了門口的掃帚和畚箕，他聽見聲音轉了過來。

「費月月？」他的聲音也很像我爺爺，嚴肅、有力道，但是不冷。

我點點頭，「嗯」了一聲。

我並不害怕，只是很奇怪，不愛露面的陳校長為什麼忽然想見我。

「費月月，我的女兒跟我提起過妳，說妳是一個很有畫畫天分的孩子，非常少見的天分。」他喝了一口茶說。我吃驚的看著他。

他又看了一眼蔣咪：「我的女兒也跟我提起過你，蔣咪。她把你也說得非常好，她實在喜歡你。」

我看了看蔣咪，他也一臉迷惑。我們一起搖了搖頭說：「我們沒有見過您的女兒。」

「不認識。」

「她在補習班教美術。」

「啊，陳月亮——！」我喊了出來。

「對。陳月亮。」

我一下子傻了。她怎麼會在陳校長面前說我的好話？這麼多年來，我一直以為她是不喜歡我的。我因此很恨她。

「先不說陳月亮，我們先談談今天我找你們來的原因。」

「哦。」

「有人看見你們兩個，在飯館和小混混喝酒。有沒有這回事？」

「這……」我和蔣咪都回答不上來。

「那就是有了？」

蔣咪挺了挺身子說：「陳校長，是有這回事，但是，它不是像您想的那樣的。」

「你們認為我想的是哪樣？」

蔣咪抓了抓頭髮：「我們以為，以為您認為我們在和小混混混。」

「哦，那事實上是怎麼樣？」

「事實上，事實上我們不是和他們混。我們是有事情。」我連忙說。

「那你們就把事實情況說出來。因為已經有人建議給你們處分了，如果你們不能把事實情況說清楚，對你們很不利。」

我的心馬上揪緊了。「有人建議給我們處分？這……這怎麼可能？」

「在我這裡，你們有機會為自己申辯。」陳校長的臉上露出一絲不易察覺的微笑，但是善於觀察的我還是發現了。他在為自己的開明感到

得意。

然後，我們就把如何收到一封寫給眉眉的信，如何商量去見三個小混混，在飯館裡小混混和我們說了哪些話，他們說到激動處怎麼叫了酒，怎麼哭了起來，通通跟陳校長說了一遍。

陳校長一邊喝茶一邊靜靜的聽，他的眉頭越來越緊。

等我們說完的時候，他問：「那個殺人的男孩叫什麼來著，妳再說一遍？」

「車小卓。」我回答。

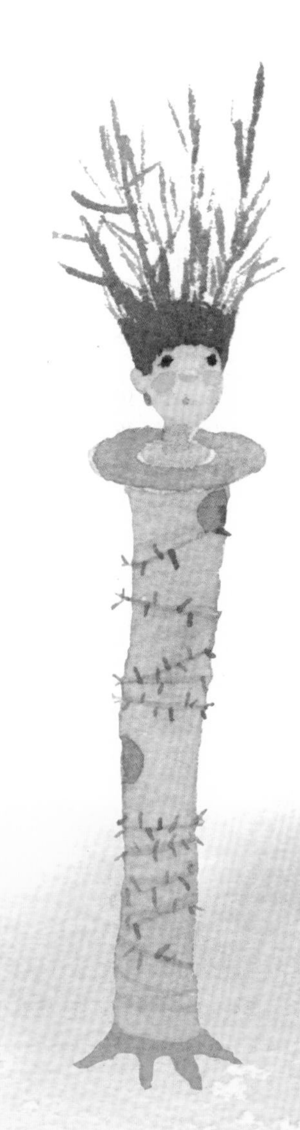

陳校長放下手裡的茶杯，長長的嘆了一口氣。

「這個車小卓，以前是我們學校的學生。」

我驚訝極了，陳校長竟然記得這樣一個學生的名字。

「車小卓雖然功課不好，但卻是個好孩子。我記得那是三年前了，學校裡的衛生優良的紅色錦旗，連續一個學期，每一個月都被同一個班級領走。然後我就很注意，那個八年一班，來領衛生紅色錦旗的人，就是車小卓，一個娃娃臉的男孩。他是他們班的衛生股長，我聽他們班主任說，每天上學他都第一個來，把班級的衛生重新打掃一遍，因為晚上晚自修的同學會把值日生已經打掃過的地面弄髒。可是老師並沒有要求車小卓這樣做。」陳校長陷入了回憶。

「還有一次，我印象也很深刻。是學校的運動會。這個男孩竟然參加了一千五百公尺的比賽，又參加了三千公尺的比賽。後來跑完三千公

尺的時候躺在沙坑裡吐白沫，我們都嚇壞了。我聽他們老師說，是因為大家都不願意跑長跑，就把苦差事推給他。他也不知道拒絕。」

「這樣的孩子怎麼會殺人？」陳校長的茶杯和桌子上的玻璃墊撞擊，發出很嚇人的聲音。

我們也不懂，這樣的孩子怎麼會殺人，可是他已經殺了。事情真的發生了。人也真的死了。車小卓已經被強制收押了。

我很想安慰陳校長，我知道他現在很難過，可是我不知道該說什麼。

我不知道，原來他心裡會這樣愛一個毫不優秀、毫不起眼的男孩。我原本以為，學校的高層領導，只注意成績頂尖的學生。

陳校長深深的吸了一口氣，又把那口氣

吐了出來。

「人啊，有時候一個環節出了錯誤，就走進了萬劫不復的深淵。人活著，要小心，再小心，克制，再克制。」

我和蔣咪都深深的點了點頭。

我們眼前的老人，是多麼容易令人敬愛的一個人啊，他心裡的愛那麼深，深的像一個幽幽的潭，可是我以前一直沒發現。我一直沒有發現的愛，其實還很多。

他揮了揮手：「你們先回去吧。」

走到門口，我回頭又看了他一眼：「不追究我們的責任了？」

「不追究了。你們並沒有錯，錯的是你們被人看見了。」

8 中年畫宗

　　媽媽一直念叨著要把我們家的房子租出去，有點額外收入，但是念叨了一年，還是沒有人來租，這個海島的外來人口畢竟很少。本地人自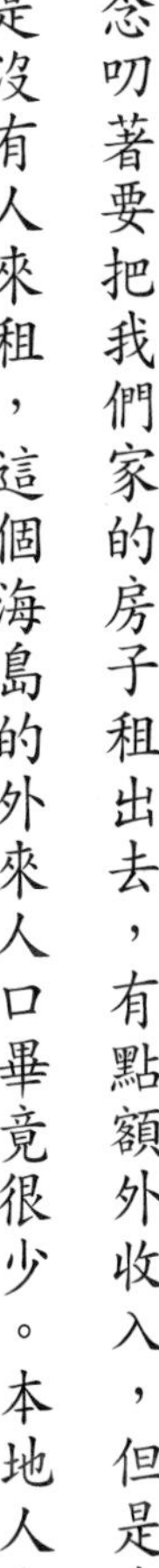己家都有房子，不需要租別人的。

　　但是，這個世界沒有絕對的事情。媽媽的念叨終於有了回應，因

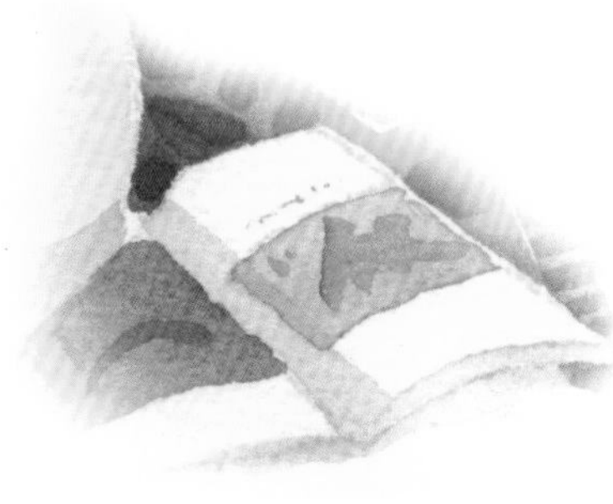

為，有人來租我們家的房子了！

我和媽媽都非常高興，房子出租了，我們將有一筆額外的收入。這筆收入我們用得到，我們打算以後開書店，所以需要一些資金。

這個人把我們家三層樓整層和閣樓都租了下來。

我和媽媽覺得很奇怪。他不是一個人住嗎？要這麼多房間幹什麼？所以，在這個人正式搬進來以後，我去拜訪他。其實主要是為了看看，他都用這些房間做什麼。我總是非常好奇的。

我敲開了他的門。

「媽媽做了紅豆糕，我送幾塊過來給你吃。」我用藍花花碗裝了幾塊紅豆糕。

「真漂亮啊。」他說。

這個人好奇怪。普通的紅豆糕有什麼漂亮的，他應該先嘗嘗，然後

發出感歎：「真好吃啊。」這才對嘛。

我仔細的看了看這個人。他大概四十歲，身材非常非常高大，我想應該有一百九十公分，而且很強壯。頭髮幾乎是全黑的，但是有幾根白頭髮翹得很高。戴了一副眼鏡，一根鏡架上纏著白色膠布。臉上有一種愉快的神氣。

「古劍秋。」他對我伸出一隻手來。

「費月月。」我把沒有端碗的那隻手伸了出去。

他使勁的握了握，非常有力。這是我生平第一次和人握手。

他熱情的招呼我坐下，好像這是他家似的。這確實已經是他的家了，不過他似乎沒有意識到我是小房東。

「你們海島人可真好客。」

「那當然。你多接觸就知道我們的好處了。你可真高，你有多高？」

「差九公分就兩百了，很可惜。」

「已經夠高了，我都不到一百六呢。」我叫了起來。

「身為一個畫畫的人，高度確實沒有什麼用。」他笑了笑。

「哦，你是畫畫的。我也喜歡畫畫呢。」

「妳也畫畫？」他的眼睛一下子睜的圓圓的。

「以前畫，現在九年級了，不能畫了。」

「九年級就不能畫了？」他疑惑的搖搖頭。

「九年級是緊要關頭，畫畫會耽誤功課。而且，在高壓政策下，誰

還敢畫畫？」

「那妳自己想畫嗎？」

我想了想：「我喜歡畫畫，可是現在讓我畫畫，也畫不出來。全部的心思都被什麼阿基米得定律啊、未來進行式啊、商品交換規律啊，塞得滿滿的，沒有一點空間了。真的，一點點都沒有了。」

他安靜的聽我發了一會牢騷，然後說：「其實我現在也畫不出來。不知道怎麼回事，靈感枯竭了，怎麼樣都畫不出來，很苦惱。然後有一天做夢，竟然夢見一座海島向我飄來，然後我醒來以後就覺得我一定要找到這座海島。」

我聽得有點出神了。這個世界上怎麼會有這樣浪漫單純的大人啊？還是這樣一個年紀一把的大個子。他老婆孩子不會勸他嗎？或者，他們也是和他同樣浪漫單純的人。

夢見一座海島，然後就直接到海島上來了。一個大人做一個決定，就這樣簡單嗎？我不明白。

我所知道的情況往往是：大人要做一個決定，是要左考慮，右考慮，把自己的腦袋烤焦了，還是決定不做這個要命的決定了。

三樓的房間，一間讓古劍秋當畫室，一間讓他當臥室，閣樓讓他當沖洗照片的暗室。

因為他是畫家，而我的理想是當畫家，所以我常常去找他。

我和他就坐在鋪了毯子的地上說話，一人手裡抱一個餅乾盒，一邊吃一邊說。

我把自己從小到大的經歷都講給他聽。不知道為什麼，我就是喜歡和他講那些讓我快樂，讓我憂傷的事情。面對他，我第一次有了傾訴的願望。

而他，總是投入而認真的聽著。他是一個有著無比同情心的人，有那麼幾次，我看到他眼眶發紅。

他一點也不像一個長輩，他要我直接叫他古劍秋，連名帶姓，不用叫叔叔。他也直接叫我費月月。

古劍秋在我們家住了三個月，我每次跑上去看他都發現他沒有在畫畫。也許他真的畫不出來了。

我從來沒有懷疑過他是不是畫家。他身上就是有一種和一般中年男人不一樣的東西。那種東西對於普通人來說就是：當小的時候有，長大了就會失去。

後來他走的那天，我上去整理房間，發現牆壁上靠著一塊木板一樣的東西，有兩公尺長，上面還蓋著紅色天鵝絨的布。

我懷著好奇心把布揭開——竟然是很大的一幅油畫！我震驚極了，他竟然把他的作品留給了我。

我坐在地上細細的看了起來。

畫面上，一個女孩坐在海邊的沙灘，仰望夜空。深藍色的夜空掛著一個藍色的月亮和一個紅色的月亮。

而那個女孩，竟然有著和我相似的面容。

天啊，古劍秋畫的是我！我的心一下子激動了起來。

我發現古劍秋在桌子上留了一封信。

月月：

我在這裡終於找到了靈感。而妳，就是我的靈感之源。謝謝妳。這幅畫是根據一個童話故事畫的。藍月亮本來是隻藍鳥，專門從人間蒐集憂傷的回憶。紅月亮本來是隻紅色的鳥，專門從人間蒐集快樂的回憶。後來，她們變成了藍月亮和紅月亮。

只有憂傷和快樂都被藍鳥紅鳥蒐集過的人，才能在仰望夜空的時候，看到天上的藍月亮和紅月亮。

傳說只有見過藍月亮和紅月亮的孩子，才能長大成人並且在內心保留純真。

只見過紅月亮，或只見過藍月亮的孩子，長大以後，內心並不完整。他們不是缺少純真，就是缺少愛別人的心和對生活的熱情。

而妳就是這麼一個既能看到紅月亮，又能看到藍月亮的人，妳

有一顆完整的心。

我親愛的孩子。我會永遠記得妳。

古劍秋

讀完信，我忽然發現，想畫畫的渴望又回來了。其實，它從未真正離開過。

但是我知道，我必須等待。等待時機成熟，我就能重新開始畫畫。

9

成長

九年級整整一年，我壓抑著對繪畫的熱愛，加緊準備升高中的考試。我們這裡，七個國中的孩子們為了上僅有的一所重點高中而競爭。我們都開始像蝸牛般，默默背負這種殘酷和壓力。

十三四歲的我正在長身體，常常感到疲憊和睏乏。夜裡，我常常在

書桌前看著書，就趴在桌子上睡著了。半夜醒來，渾身冰涼涼的。九小時的睡眠權利被剝奪，感冒也免費附送。這樣的夜晚，我不知道有過多少個。

為了讓自己不要在學習的時候睡著，我用了很多辦法。一有睡意，我就使勁捏自己的手臂。還是睏，捏得更用力些。總算清醒些了，手臂上的紅色瘀痕也已經怵目驚心了。

有時候沒力氣捏自己，就找各種刺激性的味道來聞。綠油精、清涼油，厚厚的塗到太陽穴上。有幾次真的發生化學反應了，塗的地方紅紅一片。用大人的話說，是過敏了。

班上的一些同學到了最睏的時候就出去跑步，據說效果很好。這個辦法我不能用，我因此很羨慕他們健康完整的身體。但也只是羨慕，已經不是曾會使我刺痛的感覺了。

原來長大會讓人不斷丟掉一些不好的東西。我想到這裡，會在靜靜的夜裡對自己微笑。

孩子真的具有自我調整、自我修復的能力嗎？我後來問自己。我想應該是有的。

但是我也堅定的相信，我會長成現在的我，一定和那些走進我生命裡的人有關。如果沒有遇見他們，我也許還是那個看見別人踢球就心裡難受，被人憐憫而感覺受傷的孩子，脆弱、孤僻。

我現在和別的孩子承受一樣的壓力，發一樣的牢騷，不同的只是我不能靠奔跑來驅走睏意。

奔跑，我那麼渴望奔跑的感覺。

總有一天，我也要奔跑起來。我的身體不能奔跑，就讓我的心來代替身體。

轉過頭去，我看到立在牆角的畫架。

「我不會離開你很久的。」我走過去，用手撫摸著我那不著歲月痕跡的木頭畫架。

這裡才是我的心奔跑、馳騁的草原。

不能畫畫，不能好好睡覺，反覆做熟悉的題目做到想吐。度過非人的一年，我考上了重點高中。拿到錄取通知書那天，媽媽喝了一瓶啤酒，臉紅紅，好像年輕了很多。我並沒有媽媽那麼高興，好像這是我應該做的事情。我心裡有自己牽掛的事情。

高中時代，在丹桂的甜美芬芳，和提前讓我們感受到的高考壓力下隆重的開場了。

我讀的是重點高中，那時候，我們這個小地方還沒有特別為美術專長開設的美術高中。成績好的孩子上重點高中，成績一般的孩子上普通

高中，成績不好的孩子上高職和技校。從此，十五歲的我們被清楚乾脆的分成了三等人。重點高中的看不起普通高中的，普通高中的看不起高職技校的。

這一次，即使在高考的重壓下，我還是拿起了畫筆。我沒有像九年級時那樣對考試妥協。

我再也不能丟下我那麼熱愛的畫筆。是的，再也不能丟下。有時候，一旦丟失心愛的東西，要找回來就需走過千山萬水，歷經滄海桑田。

愛什麼，就緊緊拽住。這是我當時的想法。

我在日記裡寫：「你如果在心裡愛著什麼，而且你還年輕，這份愛是很難被深深隱藏起來的。」

我還在日記裡讚賞自己的勇氣。

寫完以後，我對著日記笑了。我竟然開始表揚自己了。這和多少年前那個因為得不到老師表揚而生氣的女孩，竟然是同一個人。

我想著想著，又笑了，笑曾經的自己。在笑容中，我也原諒了多少年前那個自卑、自閉，敏感到脆弱的小女孩。

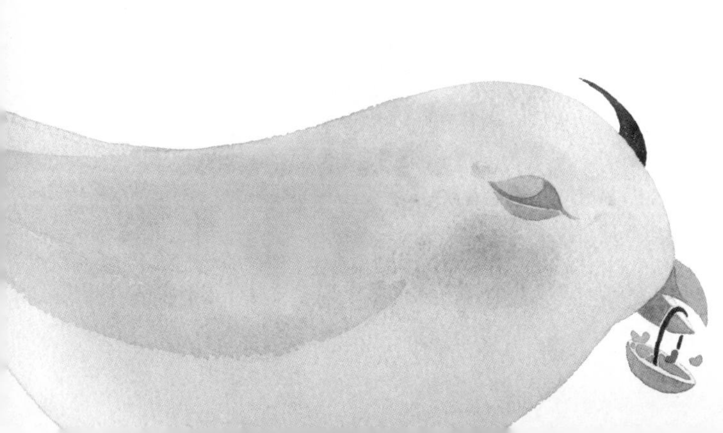

10

光與影

高中的日子並不容易。比我想像中更不容易。

每個讀高中的孩子都不容易。

我們處在同一個狹小的空間裡。身體挨著身體，呼吸接著呼吸。我們看起來靠得那麼近，我們的臉看起來一樣年輕，一樣疲倦。然而，在

心的距離上，我們卻相隔遙遠。

我們給彼此一個內心淡漠的印象，一個匆忙的背影。我們卻不知道，我們都在渴望敞開心靈，渴望溫暖的對話。我們只以競爭對手的姿態出現，我們只關心對方在這次考試中的排名是否超過自己。

沒有人會關心你有什麼樣的夢想，也沒有人會關心你有什麼樣獨特的個性。很多人甚至不關心自己是個什麼樣的人。

我們的共同點是都關心考試分數。我們的心情起伏和考試分數密切聯繫在一起。任何一點點成績的下降都能引發內心地震。

我們這些青春期的孩子，本該是親密無間的孩子，卻幾乎是無意識的，在考試競爭這個怪獸的陰影下，走向無盡的疏離。

我已經從一個身體殘疾的孩子的陰影中走了出來，然而又走進了青春期的脆弱和情緒化之中。這是我未曾預料到的。我以為自己從此就堅強如鋼鐵一塊，燦爛如正午光線。

有些時候，我對自己充滿信心，整個人都陽光向上，覺得自己和世界正在對話，在共鳴。在清晨上學路上深深呼吸，我如此熱愛身處的世界。

有些時候，我卻被生活和學習中偶爾的細微差錯拖入整整一天，甚至一星期的低落心情中。

這些青春期的躁動，微妙的心情起伏都被我的畫筆和油彩塗抹到了畫架上的油畫布上，幻化成每一縷光線的顫動，每一塊色彩的流瀉。

那些因青春年少而無法排解的難言的焦躁，傷感的時刻，永遠凝固在我粗礪的畫布上。

青春期是內心無法平靜的一段時光，也是孤獨如佇立

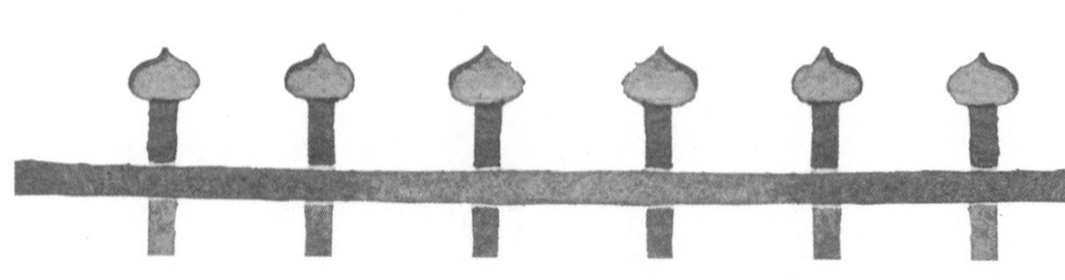

荒原的一段時光。每一個人都忙到沒有時間聊天，沒有時間寫信。偶爾寫信給于萍萍也小心翼翼，為打攪了對方的學習時間而抱歉著，因而更無法暢快的吐露心中煩悶。我也不去找蔣咪，怕耽誤他寶貴的學習時間。我比疼惜自己的時間更加疼惜他的時間。

每當我需要傾訴，需要發洩，我就轉向畫架。讓畫筆和顏料帶領自己的情緒在畫布上奔跑。而且，在筆記本裡馳騁文字遠不如在畫布上馳騁色彩來得痛快。

經由我的畫筆傳達，有時候，我竟然在畫布上發現了一個狂野，充滿暴戾情緒的自己。青春期，隱隱的存在著另一個我，內心噴湧著和黑暗交往的念頭。

我所有的焦躁都是真實的，所有的憤怒也是真誠的。我並不掩飾。我後來才知道，我畫畫的時候，同齡的孩子此刻正扭開電視機，為拳擊賽高聲叫喊著，為F1瘋狂著。我們都在為高壓躁鬱的青春期尋找出口。

青春期，成人世界對我們還未開放，童年時代的門已經砰然關閉。我們無處可去，只能在被懸置的青春期裡流浪，呼喊。

那時，發生了一件聳人聽聞的事情，就發生在我身邊。坐在我後面的女孩松子忽然不來上學了。

後來才知道，她得了精神病。不是晚上睡不著覺的憂鬱症那麼簡單，而是精神分裂，會亂說話，會認錯人的那種。

消息傳開後，全班同學都受到了巨大的震撼。我們都知道，她是因為學習壓力太重才得這個病的，根本不是遺傳啊！

我們嚇壞了。真的嚇壞了。我們還都是孩子。脆弱的，沒有經歷過什麼人生風雨的孩子啊。

我們都怕自己也成為第二個松子。有段時間，我總是恍恍惚惚。在路上碰見蔣咪都常常看不見，幸好他會及時叫住我。那天，他輕聲說，他也聽說了我們班松子的事情，叫我放鬆點，別害怕。

放鬆，叫我怎麼放鬆？那一個鮮活的女孩，就在我後面輕柔的撥弄我的頭髮，允許我捏著她的臉孔喊她「小松鼠」的乖巧女孩，那個用唱歌一樣聲音叫我傳本子的甜美女孩，說瘋了就瘋了！這叫我怎麼接受？我激動的說。

蔣咪安撫不了我。我是因為太害怕才會如此激動不安。我那麼脆弱的時刻，在我身邊出現的又是蔣咪。他似乎注定要和我生命中最脆弱的時刻繫在一起。

黑暗。我此刻好像看見漫無邊際的黑暗在追逐年輕的我們。我們恐慌，我們無助，我們祈求從天上落下一條繩索，好讓我們握著繩索，爬

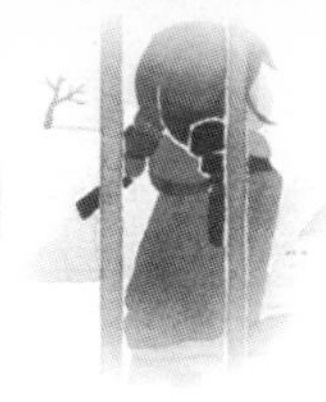

到雲層上那個至善至美的世界去。

後來我明白了，我認為的黑暗終究只是一團黑色雲霧，太陽會出來，光芒萬丈，黑色雲霧會散去。我所認為的黑暗，並不是頑冥不化的千年黑冰。那只是些水滴的聚合，其本質虛無易逝，害怕真正的光明。

而發出萬丈光芒驅走黑暗的，終將是我們日趨成熟堅定的心。

11 精神上的父親

青春期，我為無法找到內心的平靜而煩惱，然而，我卻在內心的衝突中得到力量。如果我那時找到完美的平衡，也許我就不會產生作畫的衝動。

那些青春隱祕的激情，對世界不安的期待，都隱藏在畫布和油彩裡

面。懂你的人，自然看得出裡面的祕密。

古劍秋有時候會帶著他的畫架畫筆來海島上住一段時間。他只要一看我的畫，就知道我畫畫時的心情、狀態。甚至當時發生了什麼，他都能猜出個大概。

我多麼希望他停留的時間能久一點，再久一點。可是，他終究有自己的生活，自己的天地。他終究要離開這座偏遠的海島。

在這樣的年紀，樣樣事情，我都能找到傷感的情調。古劍秋說我太多東方情調，他在笑我多愁善感。我知道。

「你再來一次青春期試試，看你傷感不傷感。」有一次我回擊他。

「我的青春期，趕上文化大革命。沒有傷感，只有暴力和扭曲。」

古劍秋說這句話的時候，我心中非常驚異。在那樣一個黑暗時代成長的人，竟然會是這樣純淨，這樣美好。也許，環境並不能徹底改造一個人。如果一個人天性中的真和善很堅決，也許無論經歷什麼樣的黑暗，他都一如既往的純淨。我這樣想著。

我暗暗下定決心，將來無論我遇見多麼惡劣的環境，遭受多麼不公平的對待，都要做一個乾淨、善良的人。

人不來的時候，古劍秋常常會寄畫冊給我。

一天冬天的深夜，拿到古劍秋寄來的哥雅畫冊的我靜默坐在地板上。

我低頭看著哥雅的「死去的野雞」，抬頭已經淚流滿面。那些畫面上死去的野雞所傳達的殘忍隱喻深深觸動了我。

這些孤苦無依、慘遭拋棄的禽鳥讓我想到了自己的童年往事。那麼多年過去了，在這樣的深夜回憶往昔，身體仍然微微顫抖，爸爸的去世仍然像割去了我身體上最豐腴的一塊肉般痛楚難忍。

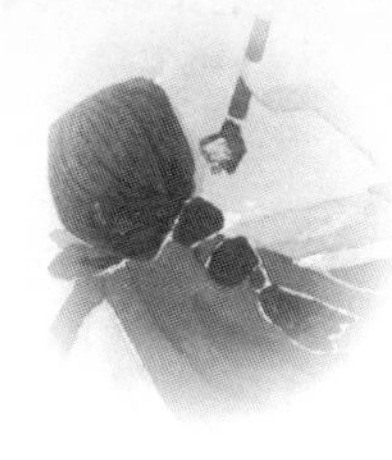

我哭出聲音。在那樣寂靜寒冷的夜裡。我實在無法忍受這樣孤獨的時刻，這樣殘忍的回憶。

我什麼都顧不了，在夜靜的如同水滴般純淨的時候，我撥通了幾千公里以外的古劍秋的電話。他說過，任何時候，只要我想，都可以打電話給他。這個時候，他也許正在香甜的睡夢中，也許正在畫架前專心作畫。

我什麼都不說，只是在電話這頭哭泣。

古劍秋什麼都不說，只是在電話那頭呼吸。

等我哭完了，古劍秋才開始說話。

他頓了頓：「妳是不是看了『死去的野雞』？」

我像是觸電了般呆立著。

他竟然和我心靈相通一般，知道什麼觸發了我的感傷。這個

人，比我自己還懂我。

在那個剎那，我知道，我從此有了一個精神上的父親。我不再是有母無父。他把我當作自己的女兒來疼惜，來理解。

古劍秋開始寫信給我。他似乎明白，我的精神世界裡似乎從來都不能缺少的，就是和另外一個人敞開彼此的心靈。我不能忍受對這個世界關閉心靈的生活。

古劍秋的信裡說：

妳知道嗎？妳所有的畫裡都藏著一個孩子，她在畫中看著畫外的妳無可挽回的長大，慢慢淡忘傷痛。

孩子，妳是幸運的。妳從來沒有被妳周圍的世界遺忘過。而我的童年，是在被壓抑和被遺忘中度過的。我家裡有八個孩子。誰會在乎其中一個孩子是否受了委屈？是否有夢想？

這時我才知道，童年的傷痛以不同的形式存在。可是當時的我，卻以為我一個人以柔嫩的肩膀擔負起了世界上所有孩子的不幸。我一直是被呵護，被關注的，我怎麼就沒有感激過這個世界對我的付出？

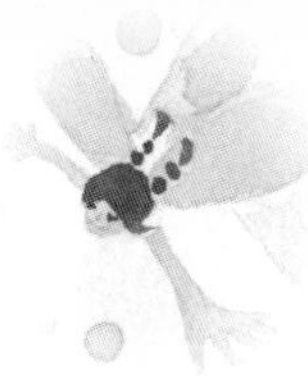

12 追夢的日子

高中畢業後，我沒有上高等藝術學校，靠自學，靠古劍秋和他那些畫家朋友的指導學習畫畫。

高考的時候，我其實考上了一所很好的藝術學院，但是想不到藝術學院的學費那麼貴。我們付不起學費。我媽媽很痛苦，整夜失眠，但是

我們一點辦法都沒有，親戚不借錢給我們，擔心我們借了錢還不起。他們認為藝術家都是很窮的。有一個親戚說，如果我當初聽從她的勸告去學國際貿易或財務管理，畢業了賺很多錢，他們能夠看到我的美好前程，就會借錢給我。可是我卻偏偏要學藝術。

我並不後悔自己的選擇。只是媽媽的內疚讓我心痛。可是，她又有什麼錯？

在我們最痛苦無助的時候，古劍秋又來我們家了，我們沒有告訴他，可是他好像什麼都知道。

他提議要出錢供我上大學。古劍秋其實也是一個清高的藝術家，並不富有。而且他剛剛生了一場病，用掉了銀行存款裡的很多錢。

我媽媽拒絕了古劍秋。骨子裡，她是驕傲的。原來，我和媽媽有相似的驕傲和自尊。

古劍秋不再堅持，他尊重我們。是的，我們不接受憐憫。從不。一旦接受了憐憫，我們與施與憐憫的人就不再平等。

一個無法站直的人，還怎麼能自信的去追求藝術？

是的，自信，我絕對不可以失去它。我的心裡充滿了尊嚴。

古劍秋想了想，對我們說，畫家並不一定是藝術學院培養出來的。他還裝作懊惱的樣子說自己後悔上了藝術學院，他覺得自己的東西太學院派了。古劍秋說，他希望我能夠真正自由的追求自己的藝術理想。

我知道他是在安慰我，他那麼懂得人在困境裡的心情。但是古劍秋說的「畫家不一定是藝術學院培養出來的」這句話，我是相信的。

後來，我回想起自己對於藝術一直保有的不可思議的天真和熱情，才恍然大悟，是古劍秋一直在小心呵護著我對藝術的夢想和熱情啊。他從來就沒有說過一句打擊我的話。其實他只要對他的藝術經歷和浮躁的畫壇現狀發幾句牢騷，就足以傷害到我那稚嫩的、正在發芽的夢想小苗。

於是，我一直畫畫，再也沒有停下來過。

當我決定要成為一位出色的畫家，我也就對自己提出了非人的要求。我惡狠狠的想，我不能上藝術學院，但是我要和他們一樣好，甚至比他們更好。

於是，我開始了那些因為整日畫畫忘記休息而幾乎昏厥的黃昏和深夜。

十八年前，就因為我爸爸說了那樣一句話，學畫畫將來可以當畫家，我的心裡就浮現了一個美麗女人坐在湖

邊的畫架前畫畫的鏡頭，她的頭髮在初夏的微風中飛揚，她的神情專注又靜謐。

十八年以後，我帶著我的畫架和畫筆來到湖邊，對著湖面看到自己的倒影，發現自己已經長成了童年時代憧憬過的那個女人的時候，才明白，我親愛的爸爸，是早早就在我心中種下了一顆種子啊。

這顆種子一直執著的埋在我的心中。

在我長大成人的過程中，它以不可思議的頑固力量牢牢扎根在我的生命裡。外面的風雨不能讓它鬆手，內心的掙扎也不會讓它放棄。它就在那裡，一直在那裡。從來沒有離開過我。

童年時想當畫家的夢想是我起點時青澀的原鄉，是我後來艱苦尋找精神家園時一直相信的簡單而完整的理由。

我深愛的爸爸雖然早早離開人世，卻在我心裡播下那樣一顆充滿希

望的種子。

這時我才發現，我從來都不是不幸的孩子。

我在不穩的腳步中搖搖晃晃的走過的童年和青春，後來化為了一隻青檸檬色的鳥，停在了木質的畫架上。

我常常回首，分明聽到牠在對我歌唱，歌唱那段憂傷和溫暖並存，並有夢想照耀的歲月。

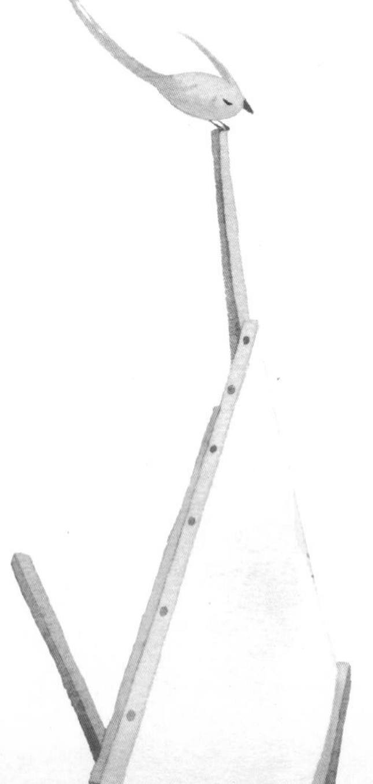

13 希望和期待

現在是二〇〇七年。藝術雜誌上說，中國的藝術家們迎來了近一個世紀來最好的機遇。傑出的藝術家們從未獲得今天這般的社會地位和市場認可。

我翻著藝術雜誌，感歎自己趕上了一趟高速的旅行。

我如此年輕，然而在我二十五歲的秋天，我竟然辦了第一場個人畫展，一共展出了四十幅畫作。

在海印美術館的二樓，正在展出我最喜歡的西班牙畫家哥雅的作品。

而我的油畫展《藍月亮‧紅月亮》就在他的展館對面！這讓我激動無比，整整兩夜興奮的睡不著覺。

能和自己崇拜的畫家在同一天，同一個美術館舉辦畫展，需要多少巧合，多少機緣啊。上天太厚待我，我不知道應該用什麼來感激。

我用自己的畫筆重新畫了一幅《藍月亮‧紅月亮》。這一次，那個畫中女孩月月不是坐在沙灘上看天空的藍月亮和紅月亮。女孩飛到了天空中，和藍月亮紅月亮在一起。

陳月亮來了，她是在報紙上看到消息的。「這是我的學生，也是我

第一次教出一個畫家學生。我要去看她的畫展。於是我就來了。」她的聲音一點也沒有變，還是那麼清亮。

她告訴我，陳校長已經去世了。我失去了一個懂我、愛我的長輩啊。我傷感的握著陳月亮的手，為陳校長的離去而難過，為著自己當年小女孩的小心眼而抱歉。

蔣咪來了。他還是笑起來找不到眼睛。不過，他現在真的是郵政總局的郵票設計師了。他也是按照夢想去生活的那類人。我們一起長大，一起設計未來。現在，見證彼此的夢想成真，是多麼奇妙而自然的一件事情。

在不同的城市生活工作，我們一直保持聯繫。我寫信給他，總是把他設計的郵票貼在信封上，寄給他。他本人沒有多大變化，也許因為我們是一起長大的，所以每次見面，我們總覺得彼此還是老樣子。那麼親切的男孩，我怕再也找不到了。

蔣咪獨自在一幅「貓和男孩」的油畫前陷入沉思。貓是我畫畫最原始的靈感。我差不多在認識貓的同時認識了蔣咪。有的時候，我覺得蔣咪就是我童年的那隻貓。而在路上看到任何貓，都讓我極其輕易的，不需要在頭腦裡經過任何轉換的，想起蔣咪。

我走到他身邊輕輕說：「其實我早就知道，咪是你的貓。你第一眼就認出來了，只是你在乎我的心情，沒有帶牠回家。貓看自己主人的眼神，是不一樣的。而我，那時自私，也真的捨不得讓牠跟你回去。」

他並不轉過來看我，只是看著畫中貓那發亮的黃琥珀般的眼睛說：「那個時候妳太需要咪，我怎麼忍心帶走妳僅有的那點快樂？那樣做，我豈不太殘忍。」

這個男孩，從還是一個小男孩的時候就懂得體諒別人的情緒，照顧別人的生活，在現在充滿功利氛圍的社會環境，這種可貴無私的品質已經少見。他卻一點沒變。

「這幅畫是為你下個月的生日畫的。」我握住他的手。我還記得蔣咪送給我的那份凝結著他的汗水和我的誤會的生日禮物，而這是我第一次送生日禮物給他。

他安心的笑笑，點了點頭，並沒有表現得特別驚異。他總是這樣，使得和他在一起的人也安心。

于萍萍也來了，她現在是個大學老師，她媽媽回老家照顧生病的外公了。她現在搬過去和爸爸住在一起，那個女人在于萍萍上高中的時候就死了。從那以後，爸爸一直是一個人生活，沒有和媽媽復合，也沒有找別的女人。于萍萍說，她現在越來越懂爸爸了。她發現自己其實很像爸爸。

我就像童年時代那樣拉著他們的手，一邊拉一個。我的童年夥伴啊，如果沒有你們，我不會是現在這個健康陽光的月月。我一定是陰暗、自閉的。

古劍秋也來了。他當年為我畫的那幅「藍月亮・紅月亮」也一同展出。那幅畫下面圍了很多人。大家說一眼就看出畫面上的女孩就是現在

的我。我一點都沒有變嗎?還是古劍秋在多年前就預料了我會發生的改變,畫出了現在的我應該有的神韻呢?

別人這樣問他。他只是笑而不答。

他還是要求我對他直呼其名。口中叫著他的名字,在我心裡,他已經同我的父親一般。

我在人生的重要時刻遇見了他,因為他的引導,我才沒有在藝術上走半點彎路,清明的心也沒有沾染上庸俗氣息。

他曾經告訴我,在這樣的時代,人人都在對金錢和地位競逐,時代的節奏變得前所未有的快。藝術家保持原有的純潔,抵制外界誘惑,保持從容的態度需要很強的意志力。

我走近他,盼望他能在這樣一個特別的時刻對我說些什麼,好讓我永遠放在記憶的寶盒裡珍藏。

他開口說話了。

「雖然妳辦了畫展，但離傑出的藝術家還很遠。孩子，我希望妳能走得更遠。不要只滿足於商業上的成功和評論家的吹捧。」他還是那麼直率。

我看著他，愣住了。

我從來不知道，在他心裡竟然對我有這樣高遠的期望。

我原來以為，我在他眼裡，不過是一個熱愛畫畫的孩子，做著不著邊際的藝術夢。

傑出的藝術家。他竟然期望我成為一個傑出的藝術家。他不再把我當作孩子，他把我當作了他的同行！

這個引導我，呵護我的人，這個被我當成父親一樣看待的人，把我當作一個值得相信、值得期待的年輕藝術家。

這個把我當作同行來尊重的人，這個在心裡對我滿懷期望的人，我怎麼可以讓他失望？

我在心裡默默重覆他的話。

離傑出的藝術家還很遠。還很遠。

他永遠和別人不一樣。在這樣的時刻，他並不像別人那樣客套的恭喜我，表揚我，也不會說：「這個女孩這麼年輕，就這麼有才華。真是不可思議。」

他更不會說：「看，我教出來的孩子比藝術學院教出來的出色吧？」

這些別人可能會說的話，古劍秋一句都沒有說。

他在這樣的時刻，這樣的場合，對我提出了更高的期待。

古劍秋就是古劍秋。

他在後來給我的一封信裡這樣寫道：

這個世界上有藝術才華的人很多，有藝術夢想的人也很多，可是最終珍惜自己的全部才華，一直堅守夢想，並且走到最後的人，卻像寒夜星辰。

他讓我清醒，也讓我發自內心的，對自己未來的藝術生命充滿希望和期待。

成長，還在繼續（後記）

這部小說貫穿了一個女孩的童年和青春。
所有的童年都無邪。
所有的青春都傲慢。

但我寫的恰恰不是童年的無邪，不是青春的傲慢。雖然，那更是一種可供流通的共同體驗。

我選擇了一種對我自己來說更有難度的寫法。我寫了一個女孩的傳記，她叫費月月。

我不認識她。我的現實裡沒有她。

她是從哪裡來的？我也不知道。

從二〇〇五年那個落寞的秋天，她就出現在我的腦海裡了。

我一直想著她。如同想著一條偶遇的影子，憂傷和詩意常常同時湧上我的心頭。

從二〇〇五年開始，我斷斷續續的寫這部小說。有時候，一擱就是七、八個月。但我從來沒有忘記過她。從來沒有。

到二〇〇七年秋天快結束的時候，我終於寫完了。我發現，我在裡面投入了太多情感，覺得很累很累。我說，我以後再也不這樣寫小說了，這

是一種很笨的寫法。一點也不討喜。很笨。是的，它沒有奇幻故事，沒有孩子們喜歡的探險。但我為它哭過。

我從來，從來沒有，一邊寫作，一邊為故事裡的主人公哭。所以，我珍視它。如同我珍視自己不輕易流的淚。

這並不是自傳，但當我寫作的時候，我再次與我自己的童年和青春相逢。

我愛這個女孩，寬恕這個女孩，祝福這個女孩，如同我愛自己，寬恕自己，祝福自己。

在這個故事裡，講的是一個童年裡，青春裡的孩子，與周圍世界的關係，以及她的自我在與外界的不斷衝突、互動中的成長。

這部小說將是我出版的第二本小說。

但事實上，它是我最早動筆寫的一部小說，小說大部分都是在二〇〇七年以前完成的。所以，在心理上，我更願意把它視為我的處女作。透過寫這部小說，我了解了寫作的艱難。

我忍不住要引用我最喜歡的作家卡爾維諾在他的處女作《通向蜘蛛巢的小徑》序裡的話來表達我的心情：

文學出現在我面前，不是一條直率而客觀的成長道路，而更像一趟我不知道如何上路的旅程。我有年輕人的欲望和緊張，卻沒有年輕人那種自然的優雅。時代的突然成熟只是更加凸顯了我的不成熟。

身為寫作者，我還太年輕。對於你們來說，我只是一個大姐姐，有著和你們一樣頑皮的笑容，一樣愛吃冰淇淋和巧克力。

我以前一直想，我將來要長成一個優雅的女人，和充滿成長困惑的男孩女孩們談心。

我現在發現，其實，我自己也還在成長。有時，我覺得自己是超齡的青春期女孩。青春的迷惘並未如煙雲消散。

正因為還年輕，我和你們一樣，也嚮往成熟和智慧。我用寫作這樣的方式探索自己，也探索自己對童年對青春的理解。

孩子們，讓我們親密的握手吧，為了我們共同的童年和青春。

孫　昱

二〇〇八年五月二十八日

作者簡介

孫　昱

出版有少兒小說《神祕島》，繪本《送小星星回家》、《魔法百味醬》、《三個「怪物」和笨龍》。

少兒小說《神祕島》獲第十五屆九歌現代少兒文學獎評審獎，《彩虹森林》獲二〇〇七年冰心兒童文學新作獎大獎。

繪者簡介

蘇力卡

文化大學美術系畢業，於法國進修藝術創作，曾擔任報社專職圖像設計，目前為全職插畫工作者，從事兒童繪本、圖文書創作及各類文化出版品插畫設計，作品散見於報紙、雜誌、書籍，以及文化活動視覺繪圖。

蘇力卡圖畫工作室　http://www.zulieca.com

・我的心得・

九歌現代少兒文學獎徵文辦法（摘要）

指導單位：行政院文化建設委員會
主辦單位：九歌文教基金會
協辦單位：九歌出版社有限公司

一、宗　旨：鼓勵作家創作少兒文學作品，以提升國內少兒文學水準，並提高少兒的鑑賞能力，啟發其創意，並培養青少年開闊的胸襟及視野，以及對社會人生之關懷。

二、獎　項：少年小說──適合十歲至十五歲兒童及少年閱讀，文字內容富趣味性，主要人物及情節以貼近少兒生活為宜。文長（含空白字元、標點符號）四萬至四萬五千字左右（超過即不予評選）。

三、獎　金：行政院文化建設委員會少兒文學特別獎──獎金二十萬元，獎牌一座。
評審獎──獎金十二萬元，獎牌一座。
推薦獎──獎金八萬元，獎牌一座。
榮譽獎──若干名，獎金每名四萬元，獎牌一座。

四、應徵條件：

1、海內外華人均可參加，須以白話中文寫作。每人應徵作品以一篇為限。為鼓勵新人及更多作家創作，凡獲九歌現代少兒文學獎首獎者，三年內不得參加。

2、作品必須未在任何報刊發表或出版（參加本會徵文未入選之作品，亦不得重複參加）。獲獎作品之出版權歸主辦單位所有。初版四千冊，不付版稅，再版時可支定價百分之八版稅。

五、評　選：應徵作品經彌封後，即進行初審、複審、決審。評審委員於得獎名單揭曉時公布。

附記：本辦法為歷屆徵文辦法之摘要，每屆約於每年十月至翌年一月底收件，提供有志創作少兒文學者參考（所有規定，依各屆正式公布之徵文辦法為準）。

九歌少兒書房

書號	書名	作者	售價
	A0032**第三十二集**(全四冊)		**680**
125	逃家奇遇記	王　蔚	170
126	來去樂比樂	林書嫻	170
127	陽光叔叔	陳貴美	170
128	黃色蝴蝶結	黃麗秋	170
	A0033**第三十三集**(全四冊)		**680**
129	圖書館精靈	林佑儒	200
130	泰雅少年巴隆	馬筱鳳	170
131	基因猴王	王樂群	170
132	貓　女	劉碧玲	170
	A0034**第三十四集**(全四冊)		**680**
133	花糖紙	饒雪漫	170
134	年少青春紀事	王文華	200
135	我家是鬼屋	陸麗雅	200
136	一樣的媽媽不一樣	梁雅雯	200
	A0035**第三十五集**(全四冊)		**680**
137	有了一隻鴨子	呂紹澄	200
138	阿樂拜師	蘇　善	170
139	藍天鴿笭	毛威麟	170
140	米呼米桑・歡迎你	王俍凱	170
	A0036**第三十六集**(全四冊)		**720**
141	剝開橘子以後	劉美瑤	200
142	紅眼巨人	彭素華	180
143	在地雷上漫舞	姜天陸	180
144	流星雨(童書版)	林杏亭	180
	A0037**第三十七集**(全四冊)		**880**
145	珊瑚男孩	柯惠玲	220
146	尋找小丑族	史冀儒	220
147	莞爾的幸福地圖	饒雪漫	220
148	變成松鼠的女孩	陳　維	220
	A0038**第三十八集**(全四冊)		**800**
149	阿西跳月	劉翰師	200
150	老樹公在哭泣	謝鴻文	200

書號	書名	作者	售價
151	拉薩小子	雪 涅	220
152	神祕的白塔	劉美瑤	200
	A0039第三十九集(全四冊)		**880**
153	他不麻煩，他是我弟弟	陳三義	220
154	網站奇緣	劉美瑤	220
155	女籃特攻隊	王文美	220
156	天使帶我轉個彎	呂淑敏	220
	A0040第四十集(全四冊)		**880**
157	我的麗莎阿姨	鄭丞鈞	220
158	走了一個小偷之後	李慧娟	220
159	變身魔法石	陳維鸚	220
160	我們這一班	雪 涅	220
	A0041第四十一集(全四冊)		**920**
161	帶著阿公走	鄭丞鈞	230
162	金鑰匙	姜子安	230
163	歡迎光臨幸福小館	蔡聖華	230
164	紐約老鼠	陳韋任	230
	A0042第四十二集(全四冊)		**920**
165	夢與辣椒	黃少芬	230
166	我的神祕訪客	李慧娟	230
167	神祕島	孫 昱	230
168	凹凸星球	蘇 善	230
	A0043第四十三集(全四冊)		**920**
169	台灣炒飯王	鄭宗弦	230
170	爺爺的神祕閣樓	游乾桂	230
171	不要說再見	黃秋芳	230
172	含羞草	陳三義	230
	A0044第四十四集(全四冊)		**920**
173	月芽灣的寶藏	鄭淑麗	230
174	阿祖的魔法天書	陸麗雅	230
175	灰姑娘變身日記	陳韋任	230
176	躲進部落格	洪雅齡	230

國家圖書館出版品預行編目資料

藍月亮・紅月亮／孫昱 著，蘇力卡 圖.--初版.
--臺北市：九歌, 民97.12
面；　公分. -- (九歌少兒書房; 第45集；180)

ISBN 978-957-444-529-5　(平裝)

859.6　　97013946

九歌少兒書房 180

藍月亮・紅月亮

定價：230元・第45集　全套4冊920元
策劃：九歌文教基金會

著　　者：孫　　昱
繪　　圖：蘇　力　卡
責任編輯：胡　琬　瑜
美術編輯：廖　勁　智
發 行 人：蔡　文　甫
發 行 所：九歌出版社有限公司
臺北市105八德路3段12巷57弄40號
電話／02-25776564・傳真／02-25789205
郵政劃撥：0112295-1
九歌文學網：http://www.chiuko.com.tw
登 記 證：行政院新聞局局版臺業字第1738號
法律顧問：龍躍天律師・蕭雄淋律師・董安丹律師
初　　版：2008（民國97）年12月10日

ISBN 978-957-444-529-5　　Printed in Taiwan
（缺頁、破損或裝訂錯誤，請寄回本公司更換）

九歌少兒書房